禁忌装置

長江俊和

角川ホラー文庫
21372

『死者との交信の記録』

一九五二年、イタリアのジェメリ神父が、教会でグレゴリオ聖歌を録音中、偶然、録音機に奇妙な声が入り込むという事件があった。その声は、亡くなったジェメリ神父の父の声によく似ており、神父にこう告げていた。

「ワタシハ、イツデモソバニイル」

一九七三年、アメリカの心霊研究家のジョージ・ミークは、霊の声を人間に聞こえるように変換させる〝スピリコム〟という電子機械を開発。一九六六年に亡くなった、NASAの科学者、ジェフリー・ミューラー博士との交信に成功した。

一九八五年、ドイツのクラウス・シュライバーは、ビデオとテレビを独自の方式で接続し、亡霊たちの映像を録画することに成功。七年前に、十八歳の若さでこの世を去った、一人娘のカリンの像をビデオに収録。娘カリンの霊は、右手を上げながら言った。

「パパ、ミエル？　ワタシハココヨ」

一九九四年、スペインのアルフォンソ・ガレアノは数々の霊の映像を録画。五年後の一九九九年、バルセロナの広場で百人ほどの観衆を前に公開実験を行い、その場で霊現象を録画することに成功した。

そして……

禁忌装置

目次

■システム1 落下

傾きかけた、陽光のハレーションが目映い。

走る津田楓の網膜を、血のように紅い夕陽の直射光線が射貫く。

四月とは言え、まだ少し肌寒い春の日の午後。楓は、私立T女子学園のキャンパスを駆けていた。その端整な目鼻立ちの、小柄でほっそりとした色白の美少女は、黒髪を風になびかせている。自分の視界から、この忌まわしい我が校の風景を葬り去るが如く。

駆けた……駆けた……駆けた……。

午後三時。放課後の校舎の下を走る一人の少女。楓にとって、おそらく唯一の親友が待つT女子学園の校門めがけて、彼女はそのか細い足を走らせていた。

だが、その放課後の疾走は、ある《侵入者》によって中断される。突然の《侵入者》。彼女の意志とは無関係に侵入してくる、ある無機質な〝音〟。学生鞄の中から、振動と共に伝わってくる、顔が見えない、その者の意志。それは、歓迎されない種類のメール着信音であり、その〝音〟は、楓の気分をより一層憂鬱なものにさせる。

あのメールが、また来た……。

緑の木々が色づき始めた、キャンパスの並木道。その傍らで、楓は立ち止まり、深いため息をつく。携帯メールの着信音は、相手によって変えることが出来る。彼女には、その無機質な着信音から、今、受信したばかりのメールが、友人や家族など知人の誰からのものでもないことがわかった。

注意深く辺りを見渡す。赤褐色の煉瓦が敷き詰められた校舎からまばらに出てくる数人の女生徒たち。練習を始めるテニス部の部員。ブラスバンド部の音の外れた管楽器のメロディ。いつもと変わらぬ放課後。いつもと変わらぬ風景。しかし、楓は確実に感じていた。自分を嘲笑う誰かの存在を。震えるぐらい悔しい、自分を傷つけるその者たちの影を……。


東京近郊の新興住宅地、古宇田市にある私立T女子学園は、関東地区でも一、二を争う有数の名門校だった。去年の春、つまり夢のT女子学園高等部に晴れて合格した瞬間、楓の目に映ったキャンパスの風景は、まるで薔薇色の楽園のように思えた。

幼稚園から大学まで、エスカレーター式に連なっているT女子学園。楓が強く憧れを抱くようになったきっかけは、まだ小学生の低学年の頃だった。保険の勧誘をしている母の幸枝と、自宅近くにあるこの学園のキャンパスを訪れた楓。その瞬間、彼女の目は、その景色に釘付けとなる。

広々とした、緑溢れるキャンパス。年代を感じさせる、趣深い煉瓦づくりの美しい洋風の校舎。淡い小豆色の個性的な制服を身にまとった、清楚な女子学生たち。まるで、少女漫画の世界の一場面を切り取ったかのような学園の風景、それらは、少し大人びた少女だった楓の脳裏に、深く刻みつけられた。

その日から、楓はそのキャンパスの風景の虜となった。熱心に勉強するようになり、彼女の成績は、見る見るうちに上昇した。小学校の高学年になると、校内で一、二を争うほどになり、担任の教師からも「T女子学園中等部への進学は夢ではない」と、太鼓判をおされる程だった。

だが、楓はT女子学園の中等部を受験することはなかった。なぜなら、小学五年生の終わりごろ、突然、両親は離婚し、楓は母の幸枝に引き取られたからだ。長年勤めている生命保険会社で働く傍ら、女手一つで一人娘の楓を育てた幸枝。その時の経済状態では、娘を私立の中学に通わせる余裕はなかったのである。

でも楓は諦めきれなかった。中学生になっても、憧れのキャンパスへの思いは募るばかり……。そんな娘の気持ちを察して、幸枝は身を粉にして働き、T女子学園の入学金を貯めた。そして去年の春、ようやくその夢が叶(かな)ったのである。

しかし一年経った今、楓の眼前に広がるT女子学園の風景は、楽園ではなくなっていた。以前は、薔薇色に見えたキャンパスの景色。だが、今はその景色に囲まれた瞬間、彼女の心の中には、憂鬱な重苦しい空気が広がってゆく。

一刻も早く、ここから逃げ出したい。校門で待ち合わせしている親友、塚田(つかだ)希美(のぞみ)と落ち合って、早く帰宅の途に就きたい。そんな思いを心に抱きながら、T女子学園のキャンパスを駆け抜けた。

楓は、この学園に馴染(なじ)めなかった。T女子学園に通う生徒のほとんどは、政治家や財界、芸能人の娘など、彼女が今までつき合ってきた人種とは全く違う、いわゆるブルジョアの娘達だった。そんなクラスメートたちは、楓が異人種であることを悟ると、すぐに彼女との距離を明確に置いた。クラスメートたちとの間に出来た、厚い壁。それは、入学前に少なからず予想していたことではあった。いつかそんな同級生たちとも分かり合える日が来るはず。そう信じていた。

だが、事態は悪い方向へ向かってゆく。周囲から〝浮いた〟存在である楓への明確な区別は、やがて差別へと発展する。最初は直接的な攻撃はなかった。だが、徐々に同級生達は楓を無視し始めるようになっていった。

楓の持ち物が、頻繁にゴミ箱に捨てられるようになる。生理用のナプキンを隠される。昼食用の弁当箱の中に、無数の髪の毛が入っている。楓に対する誹謗中傷が書かれたビラが、学校中にまかれる……。

だがそんな中、いつも楓をかばい、力になってくれたのが、彼女だった。かけがえのない〝親友〟であり最も大切な〝友人〟。

塚田希美――

小学生の時にこのT女子学園に入学、そのままエスカレーター式に中学を経て、高校に上がってきたサーフィンやスノーボードが趣味の快活な少女。

希美の父は有名な犯罪事件に携わった弁護士であり、そんな父の影響からか、彼女も困っている人がいると放っておくことが出来ない性格だった。いつしか楓にとって希美は〝最も頼りになる親友〟となっていた。そして希美のお陰なのか、楓は三学期になって、同級生たちの〝あからさまないじめ〟は少なくなったように感じていた。

しかし、今年の春、楓にとって恐れていたことが起こる。それは、今まで想像することすら怖かった、最悪の事態と言っても過言ではなかった。春休みも終わり、新学年になって行われた大幅なクラス替え。そのクラス替えで、楓は希美と別々のクラスになってしまったのである。楓は自分の運命を恨んだ。希美との別離……。それが一体何を意味するのか？　新しいクラスで、去年経験した、あの穏やかではない日々をまた繰り返すのか？　考えるだけで楓の気は滅入った。

　去年の冬、楓は希美と二人で旅に出た。真冬の北海道。女子高生二人きりの三日間の小旅行。希美に教えてもらった初めてのスノーボード……。楓にとって、希美とのその旅行の記憶は一生消えることのない、楽しい想い出だった。二人は旅先の小さなペンションで夜遅くまで語り明かした。学校のこと。将来のこと。好きな異性のこと。そして最後に希美は、楓の寝ているベッドに潜り込んで、耳元で小さくこう告げた。

「どんなことがあっても、私は楓の味方だから。どんなことがあっても、一緒だよ、私たち……」

　その時の記憶が、脳裏に蘇る。そして、楓は強く思う。クラスが替わっても、希美との親交を途切れさせたくはないと。そして、その気持ちは希美も同じはずだと。現に「毎日一緒に帰ろう」と提案したのは、彼女の方だった。


　そんな大好きな親友が待っている校門に向かって、楓は校庭を駆けていた。心の中に広がる憂鬱な空気を、振り払うかの如く。一刻も早く、不安な日常から逃れるために。だがその時、そんな心の中をかき乱すように、恐るべきバイブレーションと同時に、あの忌まわしい携帯メールの着信音が鳴り響いた。

あのメールが……また来た……。

重苦しい憂鬱な気分が、心の中により一層大きく広がってゆく。恐る恐る学生鞄に右手を忍ばせる。今時の高校生にしてはめずらしく、派手なアクセサリーなどの装飾品が少ない、二つ折りの携帯電話を手に取り、開いた。

《メールが届いています》

《no subject（題名なし）》

メールには題名がなかった。さらに送信元のアドレスの表示もない。

またあのメールだ……。

どんなにアドレスを変えても、執拗に送られてくるそのメール。希美とメールを交換することが日常だった楓も、ここ数日はそのメールに対する恐怖心と嫌悪感から携帯電話を手に取ることすら少なくなっていた。

恐る恐る、携帯電話を操作する。メールの本文が、楓の目に飛び込んでくる。液晶画面に表示された、忌まわしい〝そのメール〟。そこには意味不明な数字が、画面一杯にランダムに並んでいた。

〝4994568245075128 0〟


春休みに入ってから、頻繁に楓の携帯メールに送信されてきた〝そのメール〟。それが無作為に送られてくる、いわゆる迷惑メールの類であることは理解できた。

昼でも深夜でも、送られてくる時間に規則性はなかった。そして、それが新学期になっても止まることはなく、楓の携帯電話に一日に二、三回の頻度で舞い込んできた。アドレスを変えても、まとわりつく蛇のように、執拗に。

同級生の誰かのイタズラに決まってる。悪質な冗談。嫌がらせ？　すぐにそのメールを削除しようとした。その時……。

「どうしたの？」

背後から誰かの声がした。聞き覚えのある、少し舌っ足らずなハスキーな声。慌てて振り返り、その声の主を確かめる。ジャージを着た、長身で少し赤みがかった短髪の女生徒。バレー部の遠山直美だった。

以前同じクラスだった直美。彼女には直接いじめられた記憶はなかったが、助けられたこともなかった。見て見ぬ振りをし、後で皆に面白おかしくその出来事を大げさに話す。直美はそんなタイプの生徒だった。だから楓は、彼女とはほとんど会話した覚えがなく、その時、声をかけられたことは、楓にとってちょっと意外だったのだ。

「ううん……別に。何でもない」

立ち去ろうとすると、間髪を容れず直美は言った。

「来たんでしょ……あのメール」

直美の予期せぬ言葉に、楓の動きは止まった。

「見ちゃった。それ……」

楓の手にある携帯電話の液晶画面を指さし、直美が言う。

「……ご愁傷様」

「どういうこと？」

「あなた知らないの？」

直美は、不思議なものを見るような目で近寄ってくる。彼女とは、二十センチ以上も身長差があった。楓と携帯電話をのぞき込むようにすると、直美はこう言った。

「本当に知らないの？　そのメールの噂」

「噂って何？」

「あなただけじゃないのよ。そのメール来たの……」

直美は、沈痛な面もちで語り始めた。

「知ってるでしょ……三組の望月美佐子。彼女にも来たらしいよ。その変なメール……

……」

望月美佐子。優秀な成績でいつも学年上位に君臨していた、資産家令嬢だった。しかし新学期を迎える前の日、彼女は学校の最寄り駅付近の陸橋から、走っている電車に身を投じたのだ。遺書のようなものはなかったという。自殺という言葉とは無縁と思われた、〝令嬢〟望月美佐子の死。その事実は、衝撃的なニュースとして新学期の学校中を駆け巡った。

「最近多いでしょ。突然の自殺。噂になってるよ。その変なメールが原因じゃないかって。そのメール受け取った人間は、何故か自殺しちゃうんだって。うちの学校だけじゃないよ。聞いたことない？　その噂……。死を呼ぶ、恐怖のメール」

「やめてよ」

強い口調で楓は、直美の言葉を遮った。

楓は、迷信や都市伝説のような怪談話などの類を信じる方ではない。もちろん、幼い頃はテレビの洋画劇場で放送する、「エクソシスト」などの恐怖映画に震え上がったりしたこともあった（CMに入ると、よくホッとしたものだ）。しかし、成長してゆくに従い、そのような類の話は、胡散臭い与太話として聞き流すようになった。高校生になって楓を襲った、陰湿な〝いじめ〟。都市伝説や怪談話に登場する、幽霊やお化けよりももっと恐ろしい、学校での人間関係。今まさに、楓が体験している学校社会でのその恐怖に比べれば、幽霊などの存在はファンタジックで微笑ましいものに思えた。大人になっても、そんなことで恐がることが出来る人は、きっと幸せな人なんだろうと。

でもたった一度だけ、楓は心霊現象を体験したことがあった。小学三年生の秋、茨城にある祖母の家を訪れた時である。裏庭の井戸の上に浮遊している、何やら怪しげな発光体を見たのだ。その時の光景は、鮮烈な印象として、楓の記憶に刻まれている。

真っ暗な井戸の上にゆらゆらと揺れている、鈍く青白い光を放つ物体。それも、一つではない。うっすらと数本の尾を引きながら、浮遊していた。人魂。霊魂。この上ない恐怖が幼い楓の身体中を走った。恐ろしくて、足が震え動かすことが出来ない……。

その後、どうなったのかよく覚えていない。でも、そのことがトラウマとなり、以来、その手の怪談話を無意識的に避けていたのかもしれなかった。

だが今の直美の話は、根拠のない都市伝説の類のように思えた。「携帯メールが人を自殺に追いやる」。そんなことが、現実に起こるはずがない。直美は、そんな根拠もない噂話を持ち出して、自分をからかっているに違いないと楓は思った。陰湿で幼稚な嫌がらせだ。

ご愁傷様――

たとえ冗談だったにせよ、さっき直美が告げたその言葉は、楓に対する〝死の宣告〟に相違なかった。直美に対し、強い憤りを覚える。

(もし、私が本当に死んだら、直美はどうするんだろう? さっきの言葉を思い出し、『まさか本当に死ぬとは思わなかった。あんなこと言わなければよかった』と後悔するのだろうか? それとも、これまでのように、大げさに面白おかしくみんなに話すのだろうか?)

携帯メールで人が自殺するなんて、くだらない迷信だ。この意味のない数字の羅列が、どうやって人を死に追いやるというのか? 思わず楓は、彼女に言い返した。

「そんなの噂話に決まってるでしょ」

沈痛な面持ちを崩そうとはせず、直美は言う。

「私は楓を心配してるのよ」

(嘘だ)と思った。(あなたは一度だって、私のことを心配してくれたことなんかないじゃない。ただ、面白半分にからかっているだけ)。

楓の気持ちをよそに、直美は言葉を続ける。

「このまま放っておけば、あなた……死ぬかもしれない」

彼女を無視することに決めた。無言のまま、放課後のキャンパスを歩き出す。一体直美は何を考えてるのだろうか？　こんな風に人を脅かして、何か得することがあるというのか？　もしかしたら、いじめグループと結託して、自分をからかっているのかもしれない。あのメール自体も、彼女らが送信した可能性もあった。

でも、しばらく歩いていると、その想像も違うような気がしてきた。嫌がらせのメールだったら、あの《数字の羅列》は何なのだろう？　いじめグループの仕業なら、卑劣な言葉や人間性を否定するような文言が書き連ねてあるはずだ。（実際彼女たちから、そのようなメールを送られてきたことがあった）。もし彼女たちの仕業でないとしたら、一体あのメールは何なのだろう？　数字の羅列には、どんな意味があるというのか？

しかし、突然、楓の思考は中断された。

何故なら。

まず、テニスコートにいた部活中のテニス部の部員の一人が、校舎の屋上を指さし悲鳴を上げた。そしてその悲鳴はどよめきを伴って、校庭の生徒たちにウイルスのように伝染していった。

「何！」「誰？」「あの子何してるの？」

その悲鳴の主らが指し示す場所を見上げた。十数メートルほど先にある、五階建ての三号館の校舎の屋上——

楓が屋上に目を向けた瞬間……柵（さく）を越えて、何か小豆（あずき）色の物体が落ちていった。それと同時に、怒号のような悲鳴をあげる生徒たち。やがて、その固まりは、花壇の脇の石畳の地面に、叩（たた）きつけられた。「グチャッ」という嫌な音とともに……。

静寂に包まれた、夕暮れのT女子学園のキャンパス。だが、すぐにあたりはどよめき始め、静寂はかき消された。

咄嗟（とっさ）に今起こったことが理解できず、楓は呆然（ぼうぜん）とその場に立ち尽くす。何人かの生徒たちが、恐る恐る、その物体が落下した場所に近寄って行く。

楓の脳裏には、今、目の前で起こった出来事が、まるで映画のスローモーションのワンシーンのように反芻（はんすう）された。

三号館の屋上から、ゆっくりと落ちる小豆色の物体。

楓がいた位置から見えたその落ちていく物体は、紛れもなく人であることが判別できた。さらに落ちていった人物は、小豆色のT女子学園の制服を着ており、この学園の女生徒であることがわかった。

だが、見えたのはそれだけではなかった。

（まさか……）

楓の四肢は、凍りついたかのように動かない。全身を凝固させるほどの衝撃……。

もちろん、眼前で誰かが屋上から飛び降りたという事態は、驚嘆するに十分なほどの出来事なのだろう。しかし、楓が衝撃を受けた理由はそれだけではなかった。

（まさか？　今落ちた子は……）

校舎から飛び降りた女子生徒。その生徒の姿形は、楓のよく知る、ある人物に酷似していたのだ。


楓の視線の先――

数名の勇気ある女生徒たちが、その花壇の脇に落ちた少女の周りを取り囲んでいる。衝撃で凍りついた楓の全身は、すぐに動かすことは不可能かと思われた。しかし楓には確認する義務があった。

（見間違いに決まってる。絶対に……絶対に）

震えて動かない足に力を込め、楓は、落ちた女生徒のいる花壇の脇に向かって歩き出す。

「もうダメだ」「可哀想」「つぶれちゃってる」「気持ち悪い」

集まった女生徒たちがざわめく中、楓は、彼女たちの中心に横たわる、少女の方を覗き込んだ。

落下の衝撃で粉々に破壊された、数個のガーベラの鉢植え。大量の血にまみれた、花壇の花。視線をその先に送る。目を覆いたくなる惨状が飛び込んできた。

その女生徒の身体は、煉瓦色(れんがいろ)の地面の上でつぶれていた。両腕両脚は、動くはずのない方向にぐにゃりと曲がり、ピクピクと痙攣(けいれん)していた。

顔半分が地面にめり込むように潰れ、頭蓋骨(ずがいこつ)と思われる白い部分と、黄色い脳漿(のうしょう)のようなものが露呈している。

そして、そこからおびただしい量の鮮血が流れ出ていた。楓は震える心を鎮め、意を決してその女生徒の顔を凝視する。

（やっぱり、見間違いじゃなかった）

地面にめり込んだ、半分しか見えない少女の顔を見て、楓の耳から、生徒たちのざわめく声が一瞬でかき消された。

（どうして……希美……こんなことに？）

楓は、たった今転落死した少女が、校門で待ち合わせしているはずの大切な親友、塚田希美であることを確認した。まるで時間が停止したかのように、静寂がキャンパスを支配する。あまりの突然の出来事に、ただ呆然と、その場に立ちすくむ。

希美の潰れた頭部から、ゆっくりと流れ出る真っ赤な鮮血。親友の亡骸(なきがら)から流れ出る深紅の液体は、降り注ぐ陽光に照らされ、より一層その赤の色を際立たせていた。

意思が失われた空虚な眼差し。やがて四肢の痙攣も止まり、その生命活動は終わりを遂げたことを表していた。

かけがえのない〝親友〟の死――

その瞬間を目の当たりにしてしまった。突然、堰を切ったかのように涙が溢れ出す。身体中の力は抜け落ち、変わり果てた希美の亡骸の前に跪く。

何故、希美は死んだのか？　楓にはその理由を想像すら出来なかった。自分よりも快活で社交的で、正義感の強かった希美。家庭にも恵まれ、明るい性格だった小麦色の美少女。彼女が自殺する動機なんて、存在するはずはなかった。

涙が溢れる目で、楓は変わり果てた親友を見つめた。その時、思いも寄らぬものが楓の視界に飛び込んできた。

すぐには気が付かなかった。跪いて初めて、楓は死んだ希美の手に携帯電話が握り締められていたことを知った。そして彼女は、その携帯電話の画面をみて戦慄する……。

〝49945682450751280〟

そこには、楓にも送られてきたものと同じ、意味不明の数字が羅列されていたのである。そして楓の脳裏には、ついさっき直美が言っていたあの言葉が蘇る。

(死を呼ぶ、恐怖のメール)

思わず後ろを振り返った。背後には青ざめた顔の直美が立ちすくんでいる。

(直美は、からかっていた訳じゃなかった……)

その事実を噛みしめ、楓は愕然とする。

(噂は本当だった?)

突然の親友の死。死を呼ぶメール。そして次に死ぬのは自分かもしれないという恐怖の宣告……一体何が起こっているのか?

楓の心は大きく乱れ、彼女の意識は深く混乱していた。再び、希美の亡骸に目をやる。

そして、楓は戦慄した。


視線——

楓は息を呑む。そして、蛇に睨まれた蛙のように、その場で硬直する。

死んだはずの希美の眼。

その生命活動を終えたかと思われた、希美の生気を失ったはずの濁った眼が、楓の方をジーッと見ていたのである。

まるで生者である楓を呪うかのような、恨めしそうな眼つき……。

怖気——

今まで経験したこともないような怖気が、楓の全細胞をかけめぐる。全身は再び硬直する。身動きが取れなくなり、頭から血の気が引いていく。やがて、恐怖に混乱した楓の視界は乱れ始めた。

朧気にゆれる、夕暮れのキャンパス。楓と希美の周りを取り囲む、緑の木々。赤い空と煉瓦色の校舎。ざわめく女生徒たち。じっと見つめる、死んだはずの希美の白濁した眼。

それらの景色が混ざりあって……。

そして親友の死体に見据えられながら、楓の意識はそこで途絶えた。

■システム2　彷徨

気がつくと、そこは森だった。

一体どれだけ歩いたのだろう。距離も時間の概念も、錯綜した浦恵介の頭の中には存在していなかった。ただひたすら恵介は歩き続けた。今の彼に出来ることはそれだけだった。

長すぎた冬も終焉を迎え、緑に色づく春の訪れに森は活気づいていた。春の陽光を浴び、鬱蒼と茂った木々は、再生の時を迎えていた。この森が生まれた時から、休むことなく繰り返される死と生。一体、何のために森は死と再生を繰り返すのか？　そして誰のために？　恵介は、連なっている緑に目をはせた。

森の樹木は、大きさや形がみな異なっている。そのことが、この森は人が植林によって造った森ではないことを物語っていた。よく見ると、まっすぐに立っている木はほとんどない。風でなぎ倒されている木。いびつに曲がって生えている木。腐りかけ、異臭を発している木。だが時折、樹齢何百年かと想像をたくましくさせる立派な木にも出会えた。まるで生きていることを謳歌しているような、若々しい木にも出会うことが出来た。燦々と降り注ぐ太陽に向かって、その生を謳歌する緑の生命。そして、そんな樹木に出会うと、少し後ろめたい気持ちになった。

広葉樹の葉も、春を喜ぶ鳥の囀りも、今の恵介にとって忌まわしいものでしかなかった。この全く見知らぬ未開の森を、あてもなくただ歩き続けるだけの旅。休むことも立ち止まることもない。歩き疲れて、事切れるまで。

森の中を彷徨いながら、恵介は、自分が恐ろしくこの森に不釣り合いな存在であることを感じていた。季節にそぐわない、着古した冬物の長袖シャツ。薄汚れたベージュのチノパン。安物の合成皮革の靴。青白い顔をした痩せぎすの三十五歳のさえない中年男。森の木々も、小鳥たちも、この突然の侵入者にとまどいを感じているに違いなかった。しかし、彼は一歩一歩、進んでいった。ただ一心に、脇目も振らず、黙々と……。

彼は今、自分が森のどの辺りを歩いているのか分からなかった。だが、それでよかった。恵介は地図を持っていない。地図だけではなかった。食料や水、コンパスなど山歩きに必要なものは何も持っていなかった。身一つで彼は、人気の全くない険しい森の中を歩いていたのだ。このまま歩き続ければ、いずれ疲れ、のどが渇き、腹が減るに違いない。しかしその状態は自分が望んだことでもあった。ただひたすらこの森の中を歩き続けること。そして人知れず朽ち果てること。それは恵介が自分に与えた重い罰でもあった。

樹木の間から差し込む、眩しいまでの陽光に、思わず手をかざした。その光は、恵介に何か審判を下しているように思える。

歩きながら恵介は色んなことを思い出していた。死を目前に控えた人間が、走馬灯のように自分の人生を反芻するかの如く、脳裏に様々な人生の瞬間が浮かび上がる。幼い頃、父と釣りに行った日のこと……。飼っていた臆病なブチ犬が死んだ日……。中学の頃、初めて好きになった髪の短い陸上部の女の子……。長年勤めていた会社をクビになったあの日のこと……。そして妻、美雪のこと……。

「……美雪」

恵介は妻の名を呟き、唇を嚙みしめた。たった今殺してきたばかりの妻、美雪の名を……。

両手には、彼女の細い首を絞め上げた感触が生々しく残っている。そして網膜の裏側には、死にゆく美しい妻の映像が、まるで印画紙に焼き付けられた写真のように、鮮明に刻みつけられていた。嗚咽をあげ、血走った眼を大きく見開いた断末魔の恨めしそうな表情。力をなくし痙攣した四肢。ブラウスの襟元から見える、透きとおるような白い胸元。その一部始終がリアルな映像になって、恵介の胸をかき乱す。

あれからどれくらい経ったのだろう？

歩きながら恵介は考えた。もう遺体は発見されたのだろうか？　それとも、まだ誰にも発見されず、台所に放置されたままなのだろうか？

美しい妻、美雪――

そのか細く長い指。吸い込まれるような瞳。人より少し大きな耳。栗毛色の長い髪。愛らしい唇……。人生の全てだと言っても過言ではなかった。思い出すだけでせつない。思い出すだけで苦しい。愛する美しい妻の死。

まるで究極の拷問のように、フラッシュバックする美しい妻の肖像。そして、その愛する妻を殺したという、逃れようとしても逃れることの出来ない現実。苦悶する妻の断末魔の嗚咽。恵介に向かってカッと見開かれた、怨念の眼差し。険しい森の奥深くで苦悩する恵介は痛切に思う。出来れば、このまま気が狂ってくれれば、どんなに幸せかと……。

歩き続けるに従い、鳥の鳴き声と、木々の葉をこする風の音が、次第に大きくなってきた。森も深くなっていき、樹木の間から差し込んでいた陽光も、ほとんど感じなくなった。どれくらい奥まで来たのだろうか？　全く分からない。出口のない迷路のような森を彷徨いながら、やはり恵介の脳裏に浮かぶのは、美雪のことだった。

ちょうど十年前の秋、恵介と美雪は結婚した。

透き通るほどの白い肌を持つ、美しい美雪。彼女を射止めたことは、職場の男性社員、誰からも羨ましがられた。郊外に小さなマンションを買い、慎ましく暮らしていた彼女との生活。子供が出来なくても、それなりに幸せだった。しかしありふれた二人の生活は、やはりありふれた悲劇によって幕を閉じた。

今から三年前……。

恵介は、勤めていた大手の商事会社をリストラされた。初めて味わった挫折。屈辱。失意の中で、しばらく立ち直ることが出来なかった。だが、その時も、美雪は温かい眼差しで、優しく慰めてくれた。

「気にすることないよ。恵介は自分の好きなこと、これからの人生のこと、じっくり考える時間が出来たんだから……。今まで楽させて貰った分、今度は私が頑張るから」

自分の好きなこと。これからの人生のこと。

結婚前、恵介はよく美雪に学生時代の夢を語っていた。美大出身の恵介は、企業の最先端で、車や電化製品などの次世代デザインの開発をする、商品デザイナーに憧れていた時期があった。彼は美雪の勧めで、幾つかの企業やデザイン会社の面接を受けた。だが、彼を雇ってくれる会社は簡単に見つからない。でも諦めなかった。足を棒にして、数多くの会社の門を叩く。自分を、デザイナーとして雇ってくれる会社がきっとある。そう信じて、アルバイトで食い繋ぎながら、社会人として再生するチャンスを狙った。

美雪も、そんな恵介を応援した。いくつかのアルバイトをかけもちして、身を粉にして働いたのだ。逆境の中で、健気に働くよくできた妻。その姿を目の当たりにして、恵介は、感謝すると同時に、より一層愛おしく思った。二人の絆は固く結ばれている。リストラされる前より、ずっと強く。恵介はそう信じていた。だが……。

半年ぐらい前の、ある日の夜。

恵介の心は、暗鬱な空気で張りつめていた。いつもは、バイト先から時間通りに帰ってくるはずの美雪が、いつまで経っても戻ってこないのである。携帯電話にかけてみてもつながらず、アルバイト先のスーパーに問い合わせても、定時にバイトを上がったという。

不安にかられながら恵介は、寝ずに美雪の帰りを待った。今まで、彼女が連絡もなく家を空けることはなかった。動揺、心配、苛立ち、疑念、寂寞、様々な感情が、恵介の胸の中をよぎる。だが彼女は、帰ってこなかった。そして次の日も、また次の日も。

以来、美雪は、恵介の待つ家に戻ることはなかったのだ。

失踪——

その二文字を頭に浮かべて、激しく動揺した。思い当たる節は全くなかった。彼女に一体、何があったのか？　数日経っても、携帯電話は通じず美雪からの連絡もない。恵介は、彼女のアルバイト先や、実家にも足を運んだ。しかし彼女の消息はおろか、その手がかりにさえもたどり着くことが出来なかった。

ひょっとしたら、美雪は何か事件に巻き込まれたのではないか？　恵介はそう考え、警察に捜索願を出すことにした。しかし事件性はないと判断されたのか、何度催促しても、警察が本腰を入れて捜査する気配はなかった。恵介は途方に暮れる。

最愛の妻の、突然の失踪……。恵介にとって、〝美雪という存在〟は自分の全てと言っても過言ではなかった。彼女がいないという現実に直面して、自分が、どれほどまでに彼女を愛していたかを思い知らされた。恵介は毎日のように、つながらない妻の携帯に電話し続けた。そして、美雪の姿を求め、街を彷徨い歩いた。

しかし何日も、何週間も、何ヶ月も、どれだけ捜し歩いても、彼女の姿を見つけ出すことはなかった。よくない想像がよぎる。これだけ捜し続けて足取りがわからないということは……まさか、美雪はこの世にいないのではないか？　事故に遭ったのか？　誰かに拉致され殺害されたのか……。

いや、そんなことはない。美雪が死ぬはずはない。頭の中でその考えを打ち消した。

でも、もし美雪が生きているとしたら、なぜ電話してこないのだろう？　連絡を取れない事情でもあるのだろうか？　それとも自分の意志で連絡しないのか？　日を追う毎に、恵介の妄想はかき乱れる。もし美雪の消息が、永遠に不明のままだとしたら……自分は、一体どうなるのか？　想像するだけで恵介は恐ろしくなった。

だが美雪が失踪してから半年後、その答えが出たのである。

激しい雨が降る、ある日の午後。美雪がアルバイトしていたスーパーの近くの道で、恵介は偶然見てしまった。轟音と共に、水しぶきを跳ね上げて、通り過ぎてゆく一台のBMW。そのシルバーの車体が、恵介の傍らを通り過ぎる瞬間だった。

助手席に座る一人の女性——
去ってゆくBMWを見送って呆然とする。助手席の女性は、捜し求めている妻と瓜二つだった。恵介は自分の目が信じられなかった。彼女の姿を求めるばかり、幻覚を見たのではないかとも思った。でも今目撃した女性が、もし本当に美雪だったとしたら……。

翌日から、その近くでシルバーのBMWに乗っている人物を探し始めた。そして数日後、あっけなくその持ち主が判明したのだ。美雪が勤めていたスーパーの脇にある駐車場。そこに週に二、三度、恵介が目撃した車種と同じタイプのBMWが駐車してあるという事実にたどり着いた。そのBMWの所有者は、アルバイト先のスーパーの経営者だった。

早速、そのＢＭＷの持ち主を、調査することにした。その人物は、スーパーの他にも、不動産会社やレストランを経営する四十代の実業家だった。自分とは正反対の、色の浅黒い、精力的なタイプの男である。すぐに男の住所を調べ、彼が暮らすマンションの所在を突き止めた。

山の手にある郊外の新築の分譲マンション。そこに、その男の住まいはあった。

ある晴れた日の昼下がりだった。マンションに隣接する公園のベンチに腰をかける。まもなく夕暮れを迎えようとしていた。公園に人影は少ない。恵介は辺りを気にしながら、使い古した黒革のバッグに手を伸ばした。携帯用の双眼鏡を取り出し、小綺麗(こぎれい)な分譲マンションにレンズを向ける。

男の部屋は、マンションの十二階にあった。地上にいる恵介の位置からでは、部屋の中までは見えなかった。仕方なく、男の部屋のベランダを覗(のぞ)いてみることにする。双眼鏡越しに見えるベランダ。数点の洗濯物が、風に揺れている。男物の靴下やオレンジのバスタオル。そしてその中に、女物の下着もあった。

恵介の心はかき乱れる。男は女性と住んでいるようだ。もし、その女物の下着の主が美雪だとしたら……。恵介は双眼鏡を握りしめ、洗濯物が取り込まれる時を待つ。

そして一時間以上が経過した頃だった。おもむろに男の部屋のベランダのサッシが開いた。誰かが出てくる。慌てて双眼鏡を目に当てた。出てきた人物は女性のようだ。恵介は、双眼鏡をじっと覗き込んだ。

信じられなかった……。

それは恵介が予想していた、最悪の光景だった。洗濯物を取り込みに姿を現したのは、紛れもなく美雪だったのである。

恵介は呆然とする。目の前の現実を、受け入れることが出来なかった。やっと美雪の消息にたどり着いたのだが、突きつけられた真実は、彼にとって最も残酷な現実だった。

(俺は、美雪に捨てられたのか……)

双眼鏡越しに見える、かつての愛おしい妻は、洗濯物を取り込み終えると、部屋の中へ消えていった。この半年間、物狂おしいほどに追い求めてきた妻。彼女の姿が消えてからも、恵介はずっとベランダを見ていた。自分がどうしたらいいのか、分からなかったからだ。ただじっと、ベランダを見続けていた。

次の日から、恵介は毎日その公園を訪れた。

比較的、人気の少ない昼下がりを見計らって、双眼鏡越しに男の部屋のベランダを覗く。時折、ベランダに姿を現す懐かしい妻の姿を見つめ、恵介の心はむせび泣く。

ある日、ただ一度だけ。美雪が、浅黒い男――スーパーの経営者――とベランダに現れたことがあった。その時の様子を、恵介は、未だに忘れることは出来ない。

二人はあたかも夫婦のようだった。ベランダで寄り添い、笑いながら語り合う二人の幸せそうな姿。その美しい笑顔はかつて自分に向けられていたものだった。双眼鏡越しに見える、幸せそうな美雪の姿は、恵介の心を激しくかき乱す。

夜になり、カーテン越しに部屋の灯がともり、やがてその灯火が消えた。きっと二人は今、肌を重ねているのだろう。恵介は思い出し、反芻する。美雪の透き通るような白い肌。か細く壊れそうな裸身……小さく喘ぐ声……。

その日は、朝早くから太陽が燦々と降り注いでいた。

眩しすぎる朝日に目を細めながら、双眼鏡をマンションの方角に向ける。その時、恵介はある決意をしていた。いや、そうせずにはいられない何かが、彼を突き動かしていた。

(美雪と話してみたい。美雪の口から真実を聞きたい)

午前八時。マンションの一階にある駐車場。ピカピカに磨き上げた、男のＢＭＷがゆっくりと発進してゆく。男が出勤したことを確認すると、恵介はマンションの玄関へと歩き出した。新築マンションの玄関ホール。オートロックのガラス張りの自動ドアの脇で、恵介はじっと待つ。数分後、マンションの中から、ランドセル姿の小学生の男の子が出てきた。ガラス張りの自動ドアが、機械音とともに開く。小学生と入れ違いに、マンションの内部に侵入した。

二基ある内の一つのエレベーターに乗り、男と美雪が暮らす十二階に辿り着く。中央部分が吹き抜けになっている十二階のフロアー。吹き抜け部分を取り囲む外廊下を進み、美雪が一人でいるはずの男の部屋に向かう。脇目もふらず、十二階のフロアーの一番奥にある、男の部屋を目指す。

十二階の吹き抜けの外廊下。地上の景色が豆粒のように見える。高いところが苦手な恵介は、普段なら目がくらみ、足がすくんで動けないはずだった。しかし、その時は違っていた。彼の足はすくむことなく、ただひたすら、男の部屋に向かって行く。脳裏に浮かぶのは、〝愛する妻――美雪〟の姿だけ……。

恵介は、南西の角にある部屋の前で立ち止まった。このドアの奥に美雪がいる。半年間捜し続けた、愛する妻がいる。辺りを見渡し、男の部屋の扉から死角となる場所を探す。隣室との境にある柱の陰に身を隠した。

腕時計に目をやる。時計の針は午前八時十五分を指していた。このマンションのゴミの集配時間は午前八時三十分。まもなく美雪が出てくるはずだ。恵介は前もって、この地域の可燃ゴミの集配日時を調べていた。彼女と暮らしている時、あまり量がなくても、集配時間には小まめにゴミを出していたことを覚えていた。だから、もうすぐゴミ袋を抱えた美雪が出てくると、確信していたのだ。

そして数分後、ガチャリと鍵が開く音がした。恵介の読み通りだった。ドアが開き、一人の女性が姿を現す。小さなゴミ袋を抱えた、淡い水色のシャツにジーンズ姿の女性。見間違うはずもない。恵介はすぐさま彼女に叫ぶ。

「美雪」

振り返り、驚愕の表情を浮かべる美雪。

半年ぶりの妻との対面。だが彼女は困惑の表情を浮かべている。恵介は言葉が出てこなかった。一瞬の隙を突いて、美雪は逃げ去るように部屋へと戻ってゆく。慌てて彼女を追った。ドアを閉めようとする美雪。すんでの所で、ドアの隙間に足を差し込んだ。

「帰って」

睨みつけるような目で、彼女は恵介を見据えた。生まれて初めて見る、妻のそんな表情。さらに強い口調で、彼女は言う。

「人を呼ぶわよ」

思わず、恵介は美雪の身体を部屋の中に突き飛ばした。玄関に放り出される彼女の身体。恵介は部屋に入り、倒れた美雪の方に近寄っていく。憎悪を込めた眼で、彼女は恵介を見た。

「何で来たのよ。帰って、帰って！」

美雪は恵介を罵り始めた。憎悪、憎しみ、蔑み、心に浮かぶ精一杯の侮蔑を込めて。もうこれ以上、彼女の罵声を聞くのが嫌だった。もうこれ以上、美雪のそんな顔を見るのが嫌だった。そしてその瞬間、恵介の中で全てが崩れ落ちる。

気がつけば、恵介の両手は美雪の細い首に手をかけていた。

断片的に美雪の表情がフラッシュバックする。

半開きのままの血の気が失せた口。白い首筋にまとわりついた長い髪。水色のシャツからはだけて見える。白い胸元。虚ろなまま見開かれた、血走った眼。

全てが鮮明な映像となって、恵介の脳裏に刻まれていた。美雪を殺した直後、恵介の心に後悔の念は浮かばなかった。逆に彼の心は奇妙な安堵感に満ちていた。魂が抜け去った彼女の亡骸は、恵介にとって以前の美雪に戻ったような気がしたからだ。

そして気がつくと、この深い森の中を彷徨っていたのである。

美雪を殺した直後、美しいかつての妻の死体を眺めて、自分も死を覚悟した。そして、自らに罰を下した。この森を、事切れるまで歩こう。そして歩けなくなったらこの森の中で死に、土に還ろうと……。

森の木々は春の到来を感じ、生命の息吹に満ち溢れていた。しかしそんな〝生〟を謳歌する森の様相とは正反対に、森の生命に囲まれながら歩く恵介は確実に〝死〟に向かっていた。

今でも恵介の両手には、美雪の首を絞めた時の感覚が残されていた。しっとりとした肌の触感、潰れる骨の感触。左右の手を出して、妻を殺した時の格好を再現してみる。両手に残された生々しい感覚が、誰もいない空間に美雪を再生する。姿形は見えないが、そこには、もうこの世にはいない妻の存在が、確実にあった。

生を受けたものならば、いずれ誰もが迎える〝死〟。美雪はどうなっただろうか？　自分も死んだら、また美雪に会うことは出来るのだろうか？　それとも、地獄に堕ちるのか？

人間は、死んだらどうなるのか……。

森の中を歩きながら、恵介は死後の世界を想像する。そんなことを真剣に考えるのは少年時代以来である。ただあの時と違うのは、死は目前であるということだ。

太陽の光が傾き始めている。鳥の鳴き声が賑やかになり始めた森は、間もなく夕闇を迎えようとしていた。どれくらい歩いたのだろう？　不思議と、疲労は感じていない。自分にこんな体力が残っているとは、少し意外に感じる。

森の中を奥深く進むにつれ、木々の様相も変わっていった。今まで歩いてきたけもの道らしき道も途絶え、一層森は険しくなっていった。鬱蒼とした木々がさらに複雑に生い茂り、迷路のように絡み合っている。恵介は、この森の中で朽ち果ててゆく、自分の亡骸を思い浮かべた。ここで死んだら、死体はいつ発見されるのだろうか？　発見されないまま腐食してゆくのか？　森の獣のエサになるのか？

　時折、恵介の耳の奥で、けたたましく電話の呼び出し音が鳴り響いている。脳の中をかけめぐるような、煩わしい機械音。幻聴なのか？　森の中で、電話の音なんか聞こえるはずはない。自分は既に狂い始めているのか？

　だが、その時だった。今度は女性の悲鳴が森中に轟いた。はっとして立ち止まり、辺りを見渡す。今の声は幻聴ではない。確実に現実の音だった。こんな深い森の奥に、自分以外に人がいるのだろうか？　動揺する恵介の耳を、再びその声がつんざく。それと同時に、恵介の眼前に一羽の黒い大きな鳥が飛び出した。

　女性の叫び声は鳥の声だったことを知る。

（幽霊の正体見たり、枯れ尾花か）

　そう思い、再び歩き出す。だが、すぐに眼の前に飛び込んできた風景に、再び恵介の足は止まる。

　恵介の眼前に映ったもの――それは、前方の木々の間から見える丘の斜面に立ちすくむ、朽ち果てた巨大な廃墟だった。何故こんな所に建物が？　車の通る道もないこんな山の奥に？　恵介は眼の前の廃墟を見つめ考えた。外見から判断すると、どう見ても人が住んでいる様子はない。

（さっきの電話の音は、この建物から聞こえたのだろうか？）

薄汚れた無骨な三階建ての建物。病院か何かだったのだろうか。灰色のコンクリートに覆われたその建物は、壁面の至る所が破壊され、大きな穴が開いていた。そこから内部が露呈し、鉄骨がはみ出している。さらに無造作にツタなどの植物が無数に絡み合い、廃墟を不気味にデコレートしていた。恵介は注意深くその廃墟を眺める。

（行ってみようか？）

そんな衝動が、心の中に浮かび上がった。自分の死に場所としてはふさわしいかもしれない。直感的にそう感じた彼の足は、自然とその朽ち果てた廃墟に向かってゆく。

生い茂る植物をかき分けて、廃墟の一階部分にたどり着いた。建物の入口は、草木が繁殖し、しばらく人が入った痕跡のないような、荒れ放題の状態だった。玄関部分の損壊は特にひどく、半開きのシャッターは赤サビ色に変色し、所々腐食している。シャッターの奥に見えるガラス扉は、無惨にひび割れ、その欠片が辺りの地面に散在していた。

玄関に近づこうとするが、生い茂った背の高い植物に阻まれ、それ以上進むことは出来なかった。別の入口を探すしかない。草木をかき分けて、しばらく歩くと、廃墟の裏側部分に到着した。そこに、半壊状態の朽ち果てた扉を発見する。どうやらここが建物の通用口らしい。恵介はそこから、廃墟の中に侵入する。

表の状況からも推察されるように、廃墟の内部も荒（すさ）んでいた。部屋と部屋の間の壁が破壊され、天井から鉄骨が落ちている箇所もあった。床や壁などが黒く煤（すす）けている場所もあり、火災があった様子をうかがわせる。

通用口から続く狭い通路を通り、長い廊下にさしかかった。廊下の片側は窓に面しており、割れたガラス窓から入り込む光の残照が恵介を照らしている。窓の逆側は、いくつかの部屋が連なっており、壊された扉や壁の穴から、その部屋の惨状が見える。恵介は慎重に廊下を進んでゆく。

廃墟の長い廊下――

白いもやが辺りにうっすらと漂い始め、窓から差す光の筋を浮き立たせている。だが、廊下の奥の方までは光が届かず、暗く閉ざされたままの空間となっていた。

恵介は思わず立ち止まった。身体全体に、今まで感じたことのない種類の、奇妙な感覚が走ったからだ。それが一体何なのか？　彼には分からない。右手が小刻みに震えている。周囲の空気までもが変質していくような、何者かの気配。

辺りを注意深く見渡す。自分が感じた奇妙な感覚の正体……恵介は、長い廊下の奥に存在する、光が届いていない空間を凝視する。

不気味な、漆黒の闇。恵介は、その暗闇をじっと見つめる。そして――

暗闇が動いた。

(誰か来る)

恐る恐る、進行方向の暗闇を凝視する。

静寂——

しかし、確実に奥からゆっくりと何かが迫って来ている。漆黒の暗闇の奥から迫ってくる影。どうやらそれは人間の形のように見える。恵介の四肢は固まり、硬直した。誰かが迫ってくる。

だが突然、その影はかき消えた。誰かがいたはずの暗闇は、何事もなかったかのように廊下の奥に存在している。

(見間違いだったのだろうか?)

こんな廃墟に、人がいるはずはないと思ったのだが……。この建物に侵入したことを、激しく後悔する。自分は殺人犯なのだ。もし、誰かいるとしたら非常にまずい。恵介は踵(きびす)を返して、廃墟を後にしようとする。だがその瞬間、再びさっきの感覚が襲いかかった。

(やはり、後ろに誰かいる)

さっきと同じように、いや、それ以上に、彼の身体は〝その者〟の気配に支配されていた。恵介は葛藤(かっとう)する。このまま逃げるべきか、それとも、背後にいるその者の影を確認するべきか?

恐れより、好奇心がうち克つ。恐る恐る後ろを振り返る。そして愕然とする。

自分の背後にいた〝その者〟を見て恵介の全神経、全細胞は震え上がった。それは生まれてこの方、経験したことのない最大の恐怖。彼が見た〝その者〟の正体。それは後ろを見る前の予想を遥かに上まわった、恵介にとって最も恐るべき存在——信じられず、後ずさりする。そして、思わず、廃墟を飛び出す。幻覚なのか？　自分の頭はついに狂ってしまったのか？　しかし確実に見た。

ありったけの力を振り絞って、森の中を駆けた。脇目もふらず、ただひたすら走った。恵介は思った。自分が見たもの、それは幻覚であって欲しい。頭がおかしくなって見た幻であると……。しかし幻覚にしては、それはあまりにも鮮明すぎた。

恵介が森の中の廃墟で目撃したもの……それは……。


半開きのままの血の気が失せた蒼い唇。首筋に残されたどす黒い扼殺痕。海藻のように喉元にまとわりついた、乱れた髪。青いシャツからはだけて見える白い胸元。恵介をじっと見据える、生気を失った血走った眼。

恵介は確実に見た。廊下の奥に佇む一人の女性の姿を……。

そう、あれはまぎれもない、見間違えるはずはない……自分が殺したはずの妻〝美雪〟だったのだ。

『死者との交信の記録』1

一九五二年、イタリアの教会で実際に起こった出来事である。

その時、ジェメリとエルネッティの二人の神父は困り果てていた。グレゴリオ聖歌を録音していた機械が、突然故障して動かなくなってしまったのである。仕方なく二人の神父は、聖歌を録音したテープを再生してみた。録音機が壊れた箇所で、当り前のようにグレゴリオ聖歌の歌声は途絶えている。

しかしその後、二人の神父は、思わずそのテープに耳をすませた。聖歌が途絶えた直後、〝奇妙な声〟が、そのテープに紛れ込んでいることに気がついたからだ。それは、ジェメリ神父のよく知る男性の声で、こう告げていた。

「ワタシハ、イツデモソバニイル」

聞き間違えるはずはなかった。その声は、数年前に亡くなったジェメリ神父の愛する父親の声だった。

その後も、ジェメリ神父の録音機に、亡き父の声が入り込むことがあった。父はその中で、息子であるジェメリ神父のことを、〝ズッキーニ〟と呼んでいた。それは、幼い頃のジェメリ神父に、父が名付けたニックネームだった。そしてそのことは、二人だけしか知らない事実だったのである。

ジェメリ神父は、一連の出来事を、時のローマ法王ピオ12世に報告した。ピオ12世は、こう言った。

「心配することはありません。この出来事は、科学的な事実なのです。あなたが体験した出来事は、死後の世界の実在を証明するための、研究の礎になるはずです」

ジェメリ神父は、死の数年前まで、この事実を公にはしなかった。この出来事が公表されたのは、一九九〇年代に入ってからのことである。

■システム3　連鎖

　さっきまで出ていた太陽が姿を消して、雨雲が広がり始めていた。人影がまばらな、とある私鉄沿線のターミナル駅のプラットホームで、岡崎零子（おかざきれいこ）は空を見上げる。もうすぐ雨が降るかもしれない。彼女は、傘を持って会社を出なかったことを後悔していた。構内のアナウンスが、彼女の待つ各駅停車の到着を告げている。

　零子は、今年で三十二歳になる。だが童顔のためか三十代に見られることはあまりなかった。テレビディレクターとしての職業柄、若く見られることが嫌で、なるべく普段から大人びた洋服を着るようにしていた。

　各駅停車の電車が、プラットホームに入ってくる。レールと車輪がこすれ合う嫌な金属音。停車する薄緑色の車体。電車のドアが開き、零子はその車両に乗り込んだ。

　さっきまで乗っていた急行電車とは違い、その各駅停車は比較的空（す）いている。零子が座席に腰掛けると、聞き取りづらいアナウンスとともに、電車が走り出した。

　乗車してしばらくすると、雨が降り出してくる。ガラス窓に叩（たた）きつける大粒の雨。

水滴が、進行方向とは逆の方向に流れていった。零子は深いため息をつく。雨は気分を憂鬱(ゆううつ)にさせるのだ。

バッグの中から一冊のファイルを取り出した。薄く青い色がついた、半透明のプラスチックファイル。中には彼女が今携わっているニュース番組の、ドキュメントコーナーの企画に関する資料や原稿が入っている。零子は数枚の新聞記事のコピーを手に取った。取材相手に会う前に、資料に目を通すのが彼女の習慣だった。既にその記事は、もう何十回も読み返している。

《○○沿線で女子高生が電車に飛び込み死亡》
《古宇田市で若い男性の水死体発見》
《新婚妻、一家四人に刃物を振り回して焼身自殺》
《T女子学園で女子高生が飛び降り自殺》

新聞記事から目を外し、乗客がまばらな車内を見渡す。午後二時過ぎの私鉄電車。気だるい雨の日の各駅停車の車内。何の変哲もない至って普通の日常。しかし現実に、事件はこの私鉄の沿線付近で多発していた。

ここ最近、都心から少し離れたのどかな古宇田市を通るこの私鉄沿線で、自殺や変死などが相次いでいたのである。

自殺者の数は、年間三万人以上と言われている。毎年、交通事故の死者数の三倍以上もの人間が、自らの手で命を絶っているというのは驚くべき事実だと思う。その中で圧倒的なシェアを占めているのは。リストラや倒産など、不況に端を発した中高年の自殺である。だがこの数ヶ月の間で、古宇田市で相次いで起こっている〝自殺〟は少し事情が違っていた。

自殺者はサラリーマンやＯＬ、高校生や果ては小学生など多岐に及んでいた。彼らはそのほとんどが将来を有望視されているエリートサラリーマンや裕福な家庭の子供、名門の学校に通う女子高生など、自殺する理由が見当たらない人種ばかりだった。さらに自殺方法も、飛び降りから焼身、首つりなどとそれぞれが違い、共通点のようなものはなかった。あえて挙げるとすると、〝古宇田市及びその近辺で自殺した〟ということと、〝自殺する動機が見当たらない〟ということくらいである。

ここ数週間で報告されているだけでも、同じ地域で二十数件の自殺者及び自殺未遂者が現れる異常事態だった。警察は、それぞれの事件には全く関連性はなく、殺人事件の可能性はないという見解を示している。

零子は一連の自殺事件に興味を示し、二週間程前から取材を始めていた。この古宇田市で続発している〝理由なき〟自殺事件を、ニュース番組の特集として企画したのである。

だが事件の性質上、取材は困難を極めた。ただでさえ、自殺に関しての取材は難しいと言われている。今回の取材でも、ほとんどの自殺者の遺族からは拒否された。一命を取り留めた自殺未遂者も、その多くは病院や自宅に隔離され、当分の間、取材することはおろか、連絡さえ取ることも出来ない。知人や親戚などの関係者も、話を聞くことは出来たとしても、カメラの前で語ることを嫌がった。

しかしそんな中である。零子は、投身自殺したT女子学園の生徒だった、塚田希美の友人に接触することが出来た。その友人とは、自殺した希美の一年の時のクラスメートだった、津田楓という生徒である。彼女は、自殺の瞬間を目撃したというのだ。津田楓に話を聞くために、零子は今日、古宇田市を訪れたのだった。

改札を出ると、雨はさっきよりも一層激しく降っていた。ターミナル駅から四駅先の南古宇田駅で下車した零子は、津田楓が待ち合わせ場所に指定した喫茶店へと向かう。駅周辺の繁華街は、小規模な駅ビルを中心に都心に延びている幹線道路沿いに広がっている。

コンビニでビニール傘を買い、古宇田市の繁華街を歩いた。道すがら、時折T女子学園の制服を着た生徒たちとすれ違う。何か聞こうかと思ったが、止めておくことにした。津田楓に迷惑がかかるかもしれない。それに、今日はカメラを回さないで、ペンによる事前取材だけの予定だった。

テレビの取材の場合、カメラの前でインタビューを撮影する前に、事前に取材対象者に会って、話を聞くことがある。街頭インタビューや、事件現場などではいきなりカメラを回して取材を行うという場合もあるが、基本的には事前取材を行うことの方が多い。その方が、番組の構成を練ることが出来るし、相手との信頼関係も生まれる。零子の場合、こういう職業の割には人見知りが激しい方なので、事前取材を行うことを心懸けていた。その方が自分も安心するのだ。

待ち合わせ場所の喫茶店に到着する。ビニール傘に付いた水滴を払って、やたらと重く頑丈な店の扉を開けた。

「いらっしゃいませ」

店の重苦しい雰囲気とは違い、アニメ声の可愛らしいウェイトレスの声が響き渡る。津田楓が指定してきた喫茶店は、幹線道路の裏通りに位置する場所にあった。黒を基調とした、アンティークな内装の店である。そこは若者が集まるカフェ風の店ではなく、どちらかというと地味な純喫茶という雰囲気だった。

津田楓がまだ来ていないことを確認して、入口がよく見える席に座る。そう、まだ来ていないはずだった。時計の針は二時五十分少し前を指している。学校はまだ授業をしている時刻である。ミルクティーを注文して、雨に濡れた髪をハンカチで拭いた。津田楓と約束した時間は午後三時十五分。待ち合わせの時間としては中途半端だが、それも楓からの指定だった。学校が終わるのは午後三時。学校が終わると、すぐにここに向かうとのことである。約束の時間まで、まだ二十五分あった。零子はそぼ降る雨を見つめながら考える。

今日の取材に関して、気がかりなことがあった。確かに、自殺した塚田希美の親友から話が聞けるのは、願ってもないことだった。正直、有名女子校の生徒が、取材に応じてくれるとは思ってなかったからだ。もちろん放送の際は、名前は匿名にして、顔はモザイク処理などの画像処理を施す。それが、津田楓が取材に応じてくれた条件である。そう言った処理を施してでも、自殺した少女の友人がテレビで語れば、それなりに話題にはなるだろう。しかし、本当にそれでいいのだろうか。正直、零子は思い悩んでいた。

運ばれてきたミルクティーに、砂糖を溶かしながら考えた。もともと今回の企画自体は、零子が提案したものである。自分で企画して、自分で取材したドキュメントを作りたい。そんな思いで色々と模索し続け、結実したのは今回が初めてだった。

零子がディレクターになってから、いやそうなる前からずっと思い描いていた、ある一つのテーマ……。それは〝死〟についてである。

〝死とは一体何なのか？〟

そして〝人は死ぬとどうなるのか〟

学生時代、《ある体験》をきっかけに彼女は、〝死〟の世界にのめり込んだ。色んな宗教や色んな哲学者が語る〝死〟の世界の研究に没頭した時期もあった。しかし、明確な答えは見つからなかった。社会人となり、この職業を選んでからも、零子から〝死〟というテーマが消えることはなかった。今回の企画も、そんな思いの表れだった。

だが、一連の自殺事件の取材を重ねるにつれ、次第に、ある一つの矛盾に気がついた。連続自殺事件が発生する原因。それは……もしかしたら、この事件を〝報道〟するということではないか。テレビや新聞で、多発する自殺事件を事細かく、センセーショナルに伝えることが、自殺を誘発しているのではないか？　そう思い始めたのだ。

犯罪は連鎖する。数年前に起こった〝十七歳〟による一連の事件や、連続して起こった青酸カリなどの〝毒〟を使った殺人事件など。マスコミはそれらの事件の類似性を現象と捉えて報道した。だが、実はニュースやワイドショーなどを見て、模倣して起こした事件もあったというのだ。マスコミによって作られた、〝現象〟という強迫観念に駆られて、事件を起こしたのである。

マスコミが〝報道〟しなければ、事件は起こっておらず、そのような現象も巻き起こらなかったのだ。〝現象〟が先か？　〝報道〟が先か？　それを解明することは、不可能なこととなのだろう。しかし、今度の古宇田市で起こった一連の自殺多発事件も、そうだったとしたら？　零子の、ジャーナリストとしてのアイデンティティが揺らぎ始めていた。自分が作った番組を見て、強迫観念にかられ、自殺する人がいたとしたら……。

「岡崎さんですか？」

「……はい」

突然名前を呼ばれ、反射的に返事をした。零子の前に、長い髪を雨で濡らした女子高生が立っている。

「津田楓さん？」

その色白の美しい女子高生は、零子の方を見て頷く。時計の針は、午後三時十三分を指していた。

津田楓は名門の誉れ高いT女子学園の生徒らしく、真面目な感じのする女子高生だった。まずは、楓と軽く雑談することにした。天気のこと。学校のこと。零子は彼女に好印象を持った。楓はハキハキと、零子の話に受け答えしてくれる。そして時折見せる、初々しくも可憐な表情は、女性でもはっとするほど魅力的だった。彼女の顔にモザイク処理をかけることを、少しもったいないと思った。

でも、しばらく話してゆくうちに、彼女には何か独特の〝陰〟があることに気がついた。会話の間に時折見せる、憂いのある表情。確かに、数日前に親友の死を目撃したばかりだった。そんな表情を浮かべても、仕方ないのだろう。しかし、それだけは説明がつかないような、物憂げな雰囲気を、彼女は醸し出している。零子はそう感じた。

楓はカップを手に取り、カフェオレを一口する。身を乗り出し、零子は本題に入った。

「……亡くなった希美さんは、津田さんの目から見て、どういう生徒でした？」

切れ長の目で、零子を見る楓。希美の話題が出たからか、彼女の目が少し濡れているように思う。言葉を振り絞るが如く、楓は言う。

「はい……月並みな答えですけど、明るくて、正義感の強い女の子でした」

「希美さんは、彼氏とかボーイフレンドとか、付き合ってる人はいたのかな？」

「私が知る限り、いなかったと思います」

「そう……津田さんと、希美さんはいつ頃から、仲良くなったの？」

「……高一の頃からです。塚田と津田で席が隣り同士だったんです。だから入学した時から、よく話していました。それと……」

そう言うと、楓は口ごもった。少し考えてから、何かを決意したように、彼女は語り始めた。

「言うつもりはなかったんですけど、言います……私、クラスでいじめられているんです。高一の時からずっと、でも、希美はそんな私をずっと庇ってくれました。どんな時も。希美は、すごくいい子です。私にとって最高の親友でした。だから、だから……信じられないんです。希美があんなことになって。しかも、私の目の前で」

楓の目から涙が溢れ出した。

津田楓は〝いじめ〟られていた。そして、その彼女を助けていたのが、塚田希美だった。ということは、零子が感じた、津田楓の〝陰〟の正体は、〝いじめ〟に起因するものなのだろうか？　零子は、涙ながらに語る楓をじっと見た。

「だから、信じられないんです。希美は自殺するような子じゃなかった。私をいつも励ましてくれた。彼女はいつも〝希望〟を与えてくれたんです。そんな希美が自殺するなんて、私には信じられないんです……」

楓の瞳から、大粒の涙がこぼれ落ちる。そんな楓の涙が伝染し、零子の目頭も熱くなった。それと同時に、彼女は後悔する。今はＶＴＲが回っていない。今度カメラの前でインタビューするとき、彼女は今日と同じように泣いてくれるだろうか？　ハンカチを取り出し、涙を拭う可憐な少女に同情しながらも、零子の心は半分、ＶＴＲのことを考えていた。

「そうか……親友のあなたでも心当たりがないのね」

「……はい……でも」

楓は再び言葉を濁し、黙り込んだ。零子は焦らず、次の言葉を待った。そして、数十秒の沈黙を経て、楓の口が静かに開いた。

「岡崎さん。四月に、うちの学校の望月美佐子が電車に飛び込んだ事件、知ってますか？」

「ええ」

当然、零子は知っていた。ファイルの中には、その事件を報道した四月八日の新聞の切り抜きが入っていた。

《きのう夜十時頃。古宇田市、宗像（むなかた）にあるT女子学園に通う望月美佐子さん（十七歳）が、○○市××町の陸橋から、△△線の急行列車に飛び込み、即死。警察は自殺と見て捜査しているが、遺書はなく自殺の原因は不明》

「じゃあ、メールの話、知ってますか？」

「メール？」

「うちの学校で噂になっているんです。美佐子の自殺はメールのせいじゃないかって。彼女の携帯に、頻繁に来てたらしいんです。誰から送られて来たのか、全く分からなくて。いわゆる悪戯メールだと思うんですけど、自殺した希美の携帯にも、その変なメールが来てたんです。それで、私怖くなって……」

「メールって、どんなメール？」

「それが、数字が並んでるだけなんです。意味のない数字の羅列」

「津田さん。そのメール見たことあるの？」

楓は、ゆっくりと頷いた。そして唇を震わせながら言う。

「それで……私にも、来たんです。そのメール」

そう言うと楓は、目線を下げて押し黙った。彼女が持つ〝陰〟の正体は〝いじめ〟ではなかった。メールに対する恐怖が、彼女の心の中に渦巻いていたのだ。

「ただの噂話だと思うんですけど。希美に来たメールも、同じように数字が並べられたものだったんです。なんだか怖くて……ずっと誰かに相談したかったんですけど」

「津田さん、そのメール画面、保存してある？」

「……はい」

小さく頷くと、楓は鞄の中から携帯電話を取り出した。メールを開くと、零子に携帯を差し出す。それを受け取ると、零子は液晶画面を覗き込んだ。

〝4994568245075128 0〟

「題名もなく、アドレスも表示されないんです。でも、一日に二、三回、必ず来るんです」

零子はとっさに、手帳にその数字を書き写した。

「希美の死体が握っていたメールも、同じような数字の羅列だったと思います。この数字の羅列、何か意味はあるんでしょうか？　もし何か意味があるとしたら？　岡崎さんの方で調べることは可能でしょうか……」

その後、零子はインタビュー収録の日取りを決めて、楓と別れた。インタビューは四日後の日曜日に行われることになった。

帰りの電車の中で、零子は手帳を開く。数字の羅列……。零子は、ため息をつく。

（本当は、彼女は取材なんかどうでもよかったんじゃないか？　自分に送られてきた恐怖のメールを、誰かに相談したかっただけなのでは？）

零子は、数字の羅列を見つめながら考えた。

〝4994568245075128０〟

この数字に何か意味があるのだろうか？　皆目見当がつかなかった。電話番号でもないし、メールアドレスのようなものでもない。特に規則性のようなものも感じられなかった。悪質な冗談。イタズラ？　でも、津田楓はこのメールに真剣に怯えていた。この無意味な数字の羅列によって、大勢の人が自殺に追いやられた……。しかし、メールが人を自殺に追い込むなんてことが現実にあるのだろうか？　あまりに荒唐無稽すぎる。そう思うと、零子は頭に浮かび上がった想像を払いのけた。

深夜三時。零子は独り暮らしのマンションに帰宅した。

ヒールを脱ぎ、バッグを持ったままリビングの黒いソファに沈む。身体中に疲労感が一斉に押し寄せてくる。局で自殺関連のＶＴＲ素材を一気にプレビューし、疲れ果てていた。シャワーを浴びた後、冷蔵庫から缶ビールを取り出す。ビールで喉を潤しながら、ベランダのガラス戸を開いた。昼間にあれ程降っていた雨は止んでいる。

零子は局に戻ってすぐ、楓との打ち合わせの内容を番組プロデューサーに報告した。プロデューサーから《古宇田市の連鎖自殺事件》の特集ＶＴＲは、来週の月曜日の放送に決定したと告げられた。楓が言っていた《メールの話》は報告しなかった。「謎の数字メールが届き、人々が次々に自殺した」という、あまりにも荒唐無稽な話を、報道番組のプロデューサーに言うのに、ためらいがあったからだ。だが今日の取材では、《メールの話》が一番印象的だったことも事実である。

『数字メールによって繋がれた、奇妙な自殺連鎖』

きっと、よくある都市伝説の類なのだろう。でも、この現代的な〝携帯メール〟という ツールと、〝自殺〟を結びつけた、T女子学園にはびこる都市伝説は、病的な現代社会を体現していると思った。

零子は手帳を取り出し、数字の羅列がメモされたページを眺めた。この一見意味のない数字の羅列が、人を死に追いやるとは思えない。

人が死ぬということ……。

死――

その一文字を頭に浮かべて、零子は、冷えたビールを喉に流し込んだ。

これまでの彼女の人生には、〝死〟というキーワードが常に存在していた。脳裏に刻み込まれた、最も幼い頃の死の記憶は、五歳の時である。その日のことを、今でも鮮明に零子は覚えている。

陽炎が立ち込める暑い夏の日だった。母と出かけた、買い物の帰り道。大好きなお菓子を買ってもらい、ご機嫌で歩いていた零子。いつも遊んでいる、公園の裏手の横断歩道にさしかかった時、悲劇は起こった。突然、轟音とともに暴走してきた大型トラック。咄嗟に母は、娘の身体を突き飛ばし、すんでの所で零子は路肩に投げ出された。母はそのまま、突進したトラックに轢かれ、道路を引きずられる。

その時の光景は、忘れようとしても忘れられない。突っ込んできたトラックと、電信柱に挟まれ、母の身体は潰れていた。その時、零子は生まれて初めて、死というものを目の当たりにした。幼い零子の目の前で、母は一瞬にして、血まみれの肉塊と化したのだ。彼女に残されたのは。優しかった母の記憶だけ……。

(母は一体何処へ行ってしまったのか?)

遺影の前で、零子は毎日考えた。再び母と会うためには、どうすればいいのか?

だが、その答えは永遠に出ることはなかった。

その後、零子は父と妹と三人で暮らした。その父も彼女が高校三年生の時、癌で死んだ。

午前二時——

深夜の総合病院。

零子は父の黄色くなった亡骸を見つめながら、泣きじゃくる一つ違いの妹を抱きしめた。父は肺癌だった。最期は癌が体中に転移して、手の施しようのない状態だった。父は死の直前まで苦しんだ。時折、嗚咽とも咆哮ともつかない叫び声を上げていた。早く楽になってほしかった。今際の際に、父は少しの間だけ意識を取り戻した。そして言った。「ありがとう」と。私と妹は涙が止まらなかった。そして、父の意識は永遠に戻ることはなかった。安らかな表情を浮かべていた父の死に顔。それは長い苦しみから解放された、安堵（あんど）の表情のように思えた。

　零子は父の死後、公立の大学の社会学部に進学した。そこで同じ学年の本宮誠一郎（もとみやせいいちろう）と知り合った。今でも、本宮との出会いは運命だったと零子は思う。いつも何かに追いつめられているような表情。生と死の境をギリギリで生きているような感覚。そんな本宮の生き方や感性に、次第に零子は惹（ひ）かれてゆく。聞けば、本宮にも両親はいなかった。彼も零子と同じ、アルバイトをしながら学費を稼いでいる苦学生だった。本宮は文学部に所属しており、小説家を目指していた。高校時代、幾つかの新人賞に応募し、佳作に入選したこともあったという。

　その本宮の追い求めていたテーマは〝死〟だった。

「人は〝死後の世界〟を畏怖（いふ）する。そして〝死後の世界〟に焦がれる」

　本宮がよく言っていた言葉だった。零子は、本宮に夢中になった。自然と、二人は愛し合い、あらかじめ定められた運命のように、二人は交わった。

　これからの人生で、あんなに人を激しく愛することはないだろう。獣のような交尾という表現が似つかわしいほどの性交。二人の身体が溶け合い、同化するのではないかと思うぐらいの感覚。まるで死が目前に迫っているかのような、刹那（せつな）的な……。

部屋の窓を閉め。零子は三本目の缶ビールのプルトップに手を掛けた。冷えたビールを、ゆっくりと体内に流し込みながら、本宮のことを考えた。そして、少し自己嫌悪に陥る。ここ最近、彼のことを思い出すことが多くなっている。封印したはずの本宮の記憶。彼との写真や手紙の類は全て焼き去った。彼のことを知っている友人とも、今はほとんど付き合いはない。しかし、脳裏に深く刻まれたあの日の記憶は鮮明に零子の頭にこびり付き、消え去ることはない。

（まずいな）

零子は思った。その瞬間、零子の脳を食い尽くすアメーバのように、本宮の肖像が、声が、思い出が、記憶の断片が増殖していった。脳裏に封印したあの日の記憶が蘇（よみがえ）ってくる。

あの日……雪が降り積む、ある二月の寒い夜……。本宮の部屋。川沿いにある木造の古びたアパート。その日は、珍しく二人ともバイトが休みだった。零子は、本宮の部屋で、彼に手料理を振る舞っていた。料理には自信があった。母が早くに亡くなったので、家族の炊事洗濯は彼女が全て担っていたからだ。零子の手料理を口に運ぶ本宮。そのクールな顔から笑顔がこぼれている。彼は普段、感情をあまり表に出すタイプではない。でも、零子の手料理を食べている時は、いつもと違った。二人の間に流れていた幸せな時間。この後、まさかあんなことが起きるなんて、その時の彼女は、夢にも思っていなかった。

夕食後、レンタルビデオ店で借りてきた古い映画を観た。本宮が観たいと言っていた、モノクロのフランスの恋愛映画である。観賞後、その作品について語り合った。本宮は文学や映画に詳しかった。そのことについて話し出すと、火がついたように、止まることはなかった。零子はそんな彼が好きだった。ずっと聞いていても飽きなかった。

しかし零子には、本宮について分からないこともあった。その時はすでに、つき合うようになって二年の日々が過ぎていたが、何となく、彼が自分に何か隠しごとをしているような気がしていたのだ。

彼はいつも、何かに追いつめられているようだった。苦しみや恐怖に耐えている表情を浮かべていることもあった。しかし零子には、その苦悩の正体が何なのか、分からなかった。本宮の隠された秘密——それが、一体何なのか、知りたかった。

ある日、零子は連絡も入れず、本宮のアパートを訪れた。どうしても会いたい。彼の顔が見たい。衝動的に彼のアパートに赴き、木製のドアをノックした。しばらくして、ゆっくりとアパートのドアが開いた。零子は思わず息をのむ。

部屋から出てきた本宮の顔――血走った目。赤く硬直した形相。それは、いつもの凛とした本宮とは違っていた。まるで〝鬼〟のようだと零子は思った。本宮は小さな声で呟くように、彼女に帰るように命じた。

（部屋に誰かいるの？）

しかし、零子はその言葉を発することはなかった。本宮の言葉に従い、大人しくアパートを後にした。その時、見てはいけない本宮の〝心の闇〟を垣間見たような気がしたからだ。

彼の〝心の闇〟の正体を知りたかった。時折何かに苦しんでいる表情……大いなる何かに、いつも耐えているような切迫感……時折見せる寂しげな横顔……そして、鬼のような、恐ろしい形相。


あの夜のことは、忘れようとしても忘れることが出来ない。ベッドの上で、本宮に抱きしめられていた。彼の寂しげな目を見ていると、零子の口から、言葉がこぼれ落ちてしまった。

「どうして、あなたはいつもそんなに苦しんでいるの？」

「苦しんでる？」

「そう、まるで……何かに追いつめられているような……」

本宮は答えなかった。この沈黙が、本宮の答えなのだ。やはり彼は何か隠している。

「教えて……」

そう言って零子は、黙したままの本宮を見る。彼の手を握りしめ、彼女は言った。

「知りたいの……あなたの、すべて」

「俺の、すべて？」

そう呟くと、本宮は視線を逸らし、後ろを向いた。零子は、彼の筋肉質の背中をじっと眺める。やがて、その背中が、ゆっくりと上下に動き出した。彼の横顔をそっと覗いた。彼は……泣いていた。

本宮の背中に頬をよせ、零子はゆっくりと目を閉じる。もうそれ以上聞くつもりはなかった。本宮の涙が、その答えだと思ったからだ。でも、それは違っていた……。

突然の出来事だった。本宮は、零子の唇に自分の唇をむさぼるように重ねてきた。と同時に零子は、ベッドの上になぎ倒された。衣服を剥いで、飢えた獣のように零子の胸をまさぐり始める。

突如豹変した本宮は、零子の身体をものすごい力で凌辱し始めた。まるで本能に目覚めた獣のように……。零子はただ、身を任せるしかなかった。だが、その時だった。滾る獣の如く、本宮は烈火のような表情で零子を見た。そして、彼女の白くか細い首に、両手をかけたのだ。全身全霊の力を込めて、零子の首を絞める本宮。それと同時に、彼女の意識は遠ざかってゆく。

今日の日が、遠からず来るような気がしていた。今自分は、〝死〟の瞬間に最も近いところにいる。断片的に思い出すのは、怒り狂った獣のような本宮の恐ろしい眼。青いカーテンの端からほのかに降る雪……笑う母の面影……優しかった父の大きな手……永遠の暗闇……。

気がつくと零子は病院にいた。あの後自分がどうなったのか、全く覚えていない。朦朧(もうろう)とした意識のまま、零子は病室の中を見渡した。無意識のうちに、本宮の姿を探していた。しかし、そこにいたのは、心配そうに見ている妹の姿だけだった。

零子が発見されたのは、本宮のアパートの脇にある駐車場だった。雪が降る中、毛布にくるまれた彼女は、凍死寸前だったという。もし発見が少しでも遅れていたら、彼女が生きていた可能性は、限りなくゼロに近かったという……。

零子が垣間見た、〝死〟への入口……。断片的にしか記憶に残っていない……しかし、確実に見た〝死後の世界〟。でも、そこに足を踏み入れる寸前、彼女はこの世界に呼び戻されたのだった。

本宮は、零子への殺人未遂容疑で指名手配された。だが、それだけではなかった。警察は、本宮のアパートを捜索。彼の部屋から、複数の女性の持ち物や、大量の血がこびりついた登山ナイフなどの凶器が発見されたのである。鑑識の結果、女性の所持品は、捜索願が出された、行方不明者のものであることが判明した。警察は、本宮がその女性たちを殺害して、死体を遺棄したと考え、彼の行方を捜索した。

　しばらくして、死後数日は経過したと思われる本宮の首つり死体が、付近の山林から見つかった。さらに警察は周辺を捜索し、本宮が殺したと思しき、複数の女性の遺体を発見したのだ。遺体の一部は、既に白骨化しており、身元を特定することが出来ないものもあったという。結局、その山林から見つかった女性の遺体は、五体に及んだ。

　本宮が何故、次々と女性たちを殺したのか？　その動機は不明だった。警察は、彼が残した幾つかの小説から、その動機を探ろうとしたが、何も分からなかった。その後事件は、被疑者死亡ということで書類送検された。

　それから、零子は退院して普段の生活に戻った。彼のいない日常は、彼女にとっては、まるで違う世界だった。自分の大部分を占めていた本宮という存在……しかし、一体何故、彼はあのような、恐ろしい殺人を犯し、零子までも殺そうとしたのか？
結局、彼女には何も分からなかった。

　あの日以来、零子の中で〝本宮〟という存在は永遠となった。以来、彼女はまともに恋愛したことがない。本宮と過ごした日々が、彼女の心に深く突き刺さっていたからだ。死して、永遠の存在となった本宮の呪縛から、零子は抜け出すことが出来なくなってしまったのだ。

いつか〝死〟が訪れるなら、本宮にまた会えるかもしれない。そして、自分がその時を心待ちにしていることを、彼女は悟っていた。今でも、あの時見た〝死後の世界〟を夢で見ることがある。永遠に続く暗闇……。一条の光も届かない、果てしない〝虚無〟の世界……。そして、その世界には零子の愛する人たちがいた。脳裏に本宮の言葉が蘇る。

——人は〝死後の世界〟を畏怖する。そしてその〝死後の世界〟に焦がれる——

白くなり始めた空を見ながら、いつの間にか零子は眠ってしまった。その時、本宮の夢を見たかどうか、彼女はよく覚えていない。

■システム4　降下

けたたましく鳴り響く、電話の機械音。脳内に響き渡り、かなり煩わしい。

不協和音が、頭の中一杯に反響して……。

暗闇――

覚醒(かくせい)――

気がつくと、森は朝の斜光に照らされていた。恵介の網膜を昇ってきたばかりの陽光が貫き、かなり眩(まぶ)しい。恵介は、いつの間にか眠りに落ちていたことを悟る。さっきまで寄りかかっていた、大木の幹から身を起こし、朦朧とした意識で辺りを見渡す。

森は光溢(あふ)れる朝の訪れに活気づいている。

恵介は昨日の出来事を反芻(はんすう)する。自分の遭遇した恐るべき体験……それはこの穏やかな森の景色からは考えられない異常な事態だった。

自分が、この手で殺した、この世には存在しないはずの、〝美雪〟との遭遇。

恵介はその後の出来事をあまり覚えてはいなかった。無我夢中で森の中を走った記憶だけが、脳裏に残されている。どれ位走ったのだろう。混乱し、錯綜したまま森の中を走り続けた。森が闇に包まれても、衝撃の恐怖は消えようとはしない。身体にまとわりつく、誰かに見られているかのような嫌な感覚。背後にいた、存在するはずのない〝その者〟からの逃走。気がつけば、この大木に身を寄せていた。

昨日の出来事は現実だったのだろうか？ それとも夢だったのか？ もし、現実だったとしたら、美雪は死んでおらず、一命を取りとめたということなのか？ でも、もしそうだとしたら、何故、あの廃墟にいたのだろう？

やはり、幻覚だったのだ。美雪が生きているはずはない。彼女を殺してしまったという罪悪感が生み出した、妄想の類だったのだ。それなら〝美雪〟の正体の説明は付く。でもその一方で、そうとは言い切れない何かが頭をかすめる。夢や幻覚じゃない、確かに存在した。あれは間違いない、自分は確実に〝美雪〟を見た。

恵介はゆっくりと立ち上がった。降り注ぐ太陽の光に目が眩む。

（あれは一体誰だったんだろう。もし本当に〝美雪〟だったとしたら）

いつの間にか、恵介の足は廃墟があった方角に向いていた。午前の太陽の光は、昨日よりも一層鮮やかに、樹木の緑を際立たせている。廃墟があった場所は、はっきりとは覚えていない。あの場所にたどり着けるのだろうか。

頭上の太陽の光が、恵介を照らし続けている。どれくらい歩いたのだろうか。一向に、あの廃墟は見えてこない。恵介はひたすら、森の中を進んでゆく。昨日見た〝美雪〟は生きているのか？　それとも、幻想なのか？　それだけでも確かめたかった。

しばらくすると、森の中は暗くなってきた。日が陰り始めている。見上げると、空一面に黒雲が広がり、太陽を遮っていた。突然の降雨の前触れに、森一帯が独特の湿気を帯び始めている。雨が降るかもしれない。

恵介は、一旦足を止めた。よく考えると、車の通る道もない、こんな原生林の森の奥に、どうしてあんな大きな建物が建てられたのか？　もし現実のものだとしたら、あの廃墟は一体、何のための建物だったのだろう。やはり、幻だったのだろうか。巨大な廃墟も、〝美雪〟も……。昨日の体験自体が、夢だったというのか？

雨が一粒、二粒、森の植物を濡らしていた。空を覆い尽くす雨雲は、太陽の残照に反射し、まだらな鱗のようなグラデーションを作り出している。そぼ降る雨の中、また恵介は歩き出した。

やはり〝美雪〟は幻影だったのだ。良心の呵責が生み出した、恐ろしい現象だったのだ。恵介は自分にそう言い聞かせた。だがすぐに、その仮説は覆された。

雨脚が強くなってきた。視界は、さらに悪くなっている。しかし、恵介は見た。生い茂った木々の間から、わずかに見える建物の壁面を……。

　雨に濡れた植物の間をかいくぐり、その建物に向かってゆく。間違いなかった。恵介はその場で立ちすくみ愕然とする。恵介の眼前には、ある種の威圧感を持って、昨日見たままの巨大な廃墟が立ちはだかっていた。

（幻ではなかった。確実に廃墟は存在している）

　身体の震えが止まらなかった。でも、全身の力を振り絞って、恵介は廃墟に向かっていった。昨日と同じように、丘を登って建物の裏側に回る。背の高い雑草をかき分けて、半壊した裏口にたどり着いた。金属の扉に雨粒が叩きつけ、独特のリズムを奏でている。恵介は注意深く辺りを見渡すと、廃墟の中に入って行った。


　廃墟の内部は、昨日と全く変わっていなかった。恵介は息を凝らして、ゆっくりと進んでゆく。ワイヤーの類が剝き出しにだらんと垂れ下がっている天井。床に転がっている、朽ち果てた廃材。外から聞こえる雨音だけが、建物の中に反響している。周囲を見渡しながら、朽ち果てた建物の中を歩いてゆく。

　そして、あの長い廊下にさしかかった。昨日、〝その者〟と遭遇した場所である。廊下の奥にある、漆黒の闇をじっと見つめる。しかし、昨日のように暗闇が動くことはなかった。

かすかに雷鳴が遠くで轟いた。もしかしたら、昨日見た〝美雪〟の姿は、何かの見間違いだったのかもしれない。そう思い始めた。注意深く辺りを見渡す。だが、そこには絵やポスターもなく、人に見間違えるようなものなど、何もない。

やはり昨日見た〝その者〟の姿は幻覚だったのだろうか？　罪悪感の中で生み出された妄想の産物。しかし、それにしてはあまりにも鮮やかすぎた。

恵介はゆっくりと、暗闇に向かって歩き始めた。外から聞こえる雨音と落雷が、廊下の中に響き渡っている。まるで吸い込まれるように、恵介は暗闇の中に身を投じた。

雨は一向に止む気配がなかった。時折光る雷が、通路の奥まで照らしてくれる。さらに奥に進んでゆく。廃墟の中に、誰かいるような気配はない。

だが思わず、恵介は立ち止まった。どこかから音が聞こえてくる。何か機械が作動しているような「ぶ〜ん」という音である。雨音に混じって、かすかに聞こえてくる。

（やはり誰かいるのか）

思わず目を凝らした。見えない何者かの存在……。引き返そうか？　このまま進むべきか？　恵介は葛藤する。だが、まるで何かに吸い寄せられるかのように、自然と足が、音のする方へと向く。暗闇のなかを進んでゆく。

突然、誰かに見られているような感覚がした。恐る恐る、後ろを振り返った。しかし、そこには誰もいなかった。

やはりこの廃墟は何か変だ。恵介は動揺する。廊下の奥に進んで行くにつれて、不気味な機械音も、どんどん大きくなっていく。

通路の突き当たりにさしかかった。音がするのは、右側の方からだ。恐る恐る、廊下を右に曲がる。そこは完全に暗黒の世界だった。目を凝らしてみた。暗闇からは無機質な機械音が響いている。

雷が光った。暗闇の奥を見る。雷光に照らし出されたもの。それは地下へ降りる小さな階段だった。人一人が入れるぐらいの、地下へ降りる階段。その不気味な機械音も、そこから聞こえている。恵介の足は、その階段へ向かって行く。

地下へ連なる階段――

時折、足が滑り落ちそうになりながら、慎重にその階段を下る。暗闇に目が慣れてきた。次第に、廃墟の地下部分が姿を現してくる。よくあるワイン倉程度の地下室を想像していた恵介は、度肝を抜かれた。視線の先には、金属の壁に囲まれた数十メートルはあるかとも思われる廊下が、一直線に延びていた。天井には、無数の金属のケーブルが、幾何学的に張り巡らされている。

(一体、何の施設だろうか?)

階段を降りて、地下の廊下を進んでゆく。雨音や雷鳴は、ここでは聞こえてこない。だが、「ぶ～ん」という機械音が廊下中に反響して、かなり耳障りである。

（何かの研究施設……？）

階上と違い、地下の廊下は全く荒れ果ててはいなかった。この様相から推察すると、ここは誰かに管理されていることは間違いない。誰かいるのだろうか？　もし誰か、人がいるとしたら、自分の姿を見られるのはまずい。

恵介は引き返そうかどうか悩んだ。しかし結局、さらに奥へと進むことにした。昨日目撃した〝美雪〟の正体を知るまでは、戻る訳にはいかなかった。殺したはずの〝美雪〟。未だに手に残る、美雪を絞め殺した時の感触……。全ては現実のはずだった。ならば、なぜ〝美雪〟はこの廃墟にいたのか？　その答えが知りたかった。

永遠に続くかと思われる長い廊下の両側には、頑丈な金属の扉が並んでいた。この扉の奥には、何があるのだろうか。

その中の一つに手を掛けてみる。しかし金属の扉はビクともしない。あきらめて、また廊下を歩き進んでゆく。奥に進むに連れ、不気味な機械音もさらに高まってくる。視線の先に、半分開いている扉があった。扉には、薄汚れたプレートが掲げられている。

《隔離室》

一体、何を隔離するための部屋なのか？　恵介は、開いているドアの隙間から、《隔離室》へと侵入する。

その部屋は、四方を灰色のコンクリートに囲まれていた。縦、横、高さが均等に設計された、完全な立方体の部屋で、壁には所々シミが浮かんでいる。天井には外の廊下と同じく、無数に鉛色の機械のケーブルや黒色のコード類が剝き出しに張り巡らされていた。

室内には、何も置かれていなかった。椅子や机、寝具などの家具も何もない、空っぽの空間である。

（一体、この部屋は、誰を何から隔離していたのか？）

耳をすますと、「ぶ〜ん」という機械音とは別に、何かエレベーターが昇降するような音が聞こえてきた。この地下施設では、何かの機械を動かしているのだろうか。

（この機械を動かしている人間は、何処にいるのだろうか？）

恵介は部屋の片隅に、ベージュ色の物体が落ちていることに気がついた。入ってきた時は気がつかなかった。近寄って、その物体を覗（のぞ）き見る。それは、女性用の小さなショルダーバッグだった。バッグの取っ手には、可愛い猫のマスコットが取り付けられている。バッグの持ち主は、子供か若い女性なのだろう。

（やはりこの部屋では、誰かが《隔離》されていた……）

そう思い、バッグを手に取ろうとする。だがその時だった。

さっきから聞こえていた機械音が、さらに激しく響いてくる。それと同時に、部屋全体が振動し始めた。まるで地震でも起こったかのように。

（閉じ込められる）

恵介は咄嗟に《隔離室》を飛び出した。

廊下に出ても、振動は続いていた。一体何が起こっているのか？　この異常な振動は、一体何なのか。だが突然、振動は停止する。

恵介は周囲を見渡した。まるで何事もなかったかのように、視線の先には広大な廊下が続いている。機械やケーブルの類が剝き出しのまま、まるで節足動物のように張り巡らされた地下の廊下――

恵介は、その光景をしばらく見つめた。

そして、再び、ゆっくりと奥の方へ向かって歩き始めた。

この先に何があるのか、見当がつかなかった。しかし、恵介は歩き続けるしかなかった。

■システム5　数字

横断歩道の信号が、赤から青に変わった。

零子は、人気（ひとけ）の少ない横断歩道を、正面のインテリジェンスビル目指して歩き出す。地下鉄の広尾（ひろお）駅から歩いて七、八分の、外苑西（がいえんにし）通り沿いの有名なフルーツパーラーの隣りに、ガラス張りの七階建てのビルがある。

ここに来るのは何ヶ月ぶりだろう？　零子は、そのビルの入口に立ち止まり、夕方の斜光が反射する最上階の七階のフロアーを見上げた。

午後五時。ビルの玄関ホール。零子は、ちょうど一階で停まっていた二基あるうちの、一つのエレベーターに身を滑らせる。機内には、零子一人だけ。最上階の七階のボタンを押す。エレベーターが上昇し始めた。階数表示のランプを、零子はじっと見つめる。

その日の午前中、零子は再び古宇田市に行った。

零子の行き先は、駅から十五分ぐらい歩いた幹線道路沿いにある、古宇田警察署である。改装してまだ間がないらしく、真新しい新庁舎だった。そこで、一連の〝連鎖自殺事件〟を担当している、捜査一係の刑事に会い、古宇田市の自殺事件に対する警察の見解を聞くことが、彼女の仕事だった。

午前十時。担当の畑沢(はたざわ)という無愛想な刑事が、零子を出迎える。畑沢は、短髪に紺のスリーピースの背広といったいでたち。大柄な体格に浅黒い肌。青々としている髭(ひげ)の剃(そ)り跡。いかにも叩(たた)き上げの刑事といった風貌(ふうぼう)である。零子の取材は、捜査一係の大部屋にある応接ソファで行われた。

「警察は、古宇田市で起こった、それぞれの自殺事件を、全く関連づけて考えてはいません」

滑舌の悪い野太い声で、畑沢はそう言った。

彼の言葉は、新聞発表された、警察の一連の自殺事件に対する見解と同じだった。でも、それは少なからず予想されたことである。それよりも零子は、畑沢の口から、個々の事件に関して、新事実や新しい情報が出てくることを期待していた。だが、そんな事実は存在しないのか、それとも、箝口令(かんこうれい)が敷かれているのか、彼の口からは、結局大した情報を得ることは出来なかった。

取材を始めて、わずか十五分ぐらいで畑沢は席を立とうとした。その時、ふと零子の頭に、楓が言っていた〝メール〟のことが浮かんだ。《人を死に至らしめる恐怖の〝メール〟》。その何の根拠もない迷信や都市伝説のような噂話の類を、警察官である畑沢に告げるのはいささか抵抗があった。しかし、零子は率直に聞いてみた。

「〝メール〟ね。初耳だな」畑沢は困ったような表情で、短く刈り上げた後頭部をまさぐりながら答えた。どうやら、それが畑沢の癖らしかった。

「自殺者の遺留品の携帯電話に、そういう数字メールが送信されていた、という事実はありませんか」

「岡崎さん。さっきも申し上げたように、一連の自殺は事件性がないと言うことで、もう警察の手を離れているんです。遺留品だって、もう遺族に返しました。それぞれの自殺を、なんとか一本の線で結びたがる気持ちは解るけど、さすがに《恐怖のメール》っていうのは、ちょっと無理があるんじゃないですか？」

確かに畑沢が言うのも、もっともである。そう思い、零子は取材を終了させた。

機内の回数表示が、七階に到着したことを示している。ゆっくりとドアが開き、七階のエレベーターホールに足を踏み出す。さほど大きくない入口の磨りガラスのドアの脇には、横文字の斜体でその会社の看板が掲げてあった。

《ＤＲＥＡＭ―ＰＲＯＤＵＣＴＳ》

そこはドキュメンタリーやバラエティー番組を中心に、週に数本のテレビ番組を制作している、大手の制作会社であった。零子は、久しぶりに自分の所属する会社のドアを開いた。

「どうした？　零ちゃん、久しぶり」

フロアーに入ってすぐ、応接ソファで新聞を読んでいた高部東悟が、零子に声をかけた。高部は優秀なディレクターであり、彼の制作した番組は幾つか賞を取っている。いわば《ＤＲＥＡＭ―ＰＲＯＤＵＣＴＳ》の看板ディレクターであり、零子の尊敬する人物の一人だった。

「ご無沙汰してます」

軽い緊張を催しながら、高部に頭を下げる。ＡＤ（アシスタント・ディレクター）だった頃、何度か高部に怒られた経験があった。今になって、それはきっと〝愛の鞭〟だったと思えるが、当時は、ひどく落ち込んだりした。

社員の人数が、百人以上はいる《ＤＲＥＡＭ―ＰＲＯＤＵＣＴＳ》のフロアー。ビルの七階全部を占有したオフィスの面積は、二百平方メートルを超えている。でも零子は一昨年の春から、このフロアーで勤務していない。二年前、彼女は長年携わっていたドキュメント番組の終了と共に、テレビ局の報道部へ派遣されたのである。

最初は局に派遣されるということには抵抗があった。入社してからずっと零子は、自分の会社で番組を作ってみたいと思っていた。だから、派遣の話があった時は正直、断ろうと思っていた。しかし、高部東悟らの助言もあり、局の報道に籍を置くことにした。

しかし実際に派遣されて、局の報道でニュース番組に携わってみて、零子の考えは変わった。最前線の報道の現場は、今まで零子が体験したことのない世界だった。次から次へと押し寄せる情報。殺人。事件。事故。戦争。毎日のように報道センターに届く非日常な出来事。それを取捨選択し、メディアに乗せてゆく行為は、刺激的な仕事と言えた。今まさに起こっている〝鮮度のいい〟情報を料理することは、ディレクターとしてはこの上ない喜びだったのだ。そして、報道の番組に携わってから、いつしか二年の歳月が経っていた。

数ヶ月ぶりに、自分のデスクにやって来た。デスクの上には、彼女が不在の間溜った郵便物や、給料の明細書などが山積みになっている。会社の規定では、給料の明細を毎月、取りに来なければならなかった。しかし、日々の仕事に忙殺され、零子はしばらく会社に顔を出すことが出来ていなかった。少し後ろめたい気持ちで、彼女はその書類の束を見つめる。

　しかし、今日、自分が会社を訪れた本来の目的はそれではなかった。零子は、右隣りのデスクに目をやる。台本のコピーや、VHSテープが乱雑に置かれたその席の主は不在だった。斜め後ろの席にいる、経理の大野女史に声をかける。

「あの、松野君は今日、どうしてるんですか？」

「……松野君？　あ、今日はオフラインじゃない？」

　フロアーの奥にある、ガラス張りの部屋を見た。そこはオフライン室と呼ばれる部屋で、オフライン機と呼ばれる、VHSの簡易的な編集機が並んでいる。

　テレビ番組のVTR編集は、主にオフライン（仮編集）の過程を経て、オンライン（本編集）が行われることが多い。オフラインとは、収録したロケやスタジオの映像素材を、VHSなどのテープにダビングして、オフライン機を使って、仮編集を行うことを言う。オフラインを行えば、高価な業務用の編集室を使う時間も短縮され、予算も節約される。安価な仮編集にかかる時間は、制限が少ないので、そこで試行錯誤されて作品のクオリティーも上がるのだ。

　零子は、ガラス張りのその部屋に入って行く。オフライン機に向かっているディレクターたちの目は、真剣そのものだ。

　一番奥の機械に陣取って作業しているディレクターに、零子は近寄って行った。メジャーリーグの球団のジャンパーを着ている一人の青年。入口に背を向けて座っているため、彼女がやってくることに気が付いていない。彼の背後に立ち、零子は声をかけた。

「どうですか、調子は?」

「ぎゃ――――」

その青年は悲鳴を上げて飛び上がった。

零子も、思いがけない反応に、驚いて後退(あとずさ)った。周りのディレクターたちも、びっくりしてその青年と零子の方を見ている。青年はあわててヘッドホンを外して、零子に言う。

「もー、ビックリさせないで下さいよ」

少し、髪を茶色く染めた長髪の青年は、浅黒い顔で零子をマジマジと眺める。

「――岡崎先輩!? 久しぶりですね。どうしたんですか。今日は……」

「ちょっと、野暮用でね……」

零子は、青年の山積みになっているVHSテープを見て言う。

「今、忙しいよね?」

「ええ、まあ……忙しくないって言ったら嘘になるかな? それより、この素材、ちょっと見て下さいよ」

そう言いながら、その青年はオフライン機に設置されたモニターに向き直る。そして、目をランランと輝かせて、ジョグダイアルを手に取り、オフライン機を動かし始めた。

松野亮介(りょうすけ)……それがこの青年の名だった。

松野は、零子の後輩で、まだ二十代後半の若さである。しかし、その軽い外見からは想像できない程、知識の量は半端ではない。理系や文系を問わず、あらゆる分野に精通している。さらにディレクターとしても、才能は群を抜いていた。その知識と才能を生かして、松野は現在、ゴールデンタイムで高視聴率を収めている、超常現象を解明する番組のディレクターを務めている。この若き天才も、零子が尊敬する人物の一人だった。

「今ね、視聴者から送られてきた心霊ビデオ、プレビューしてたんですけど……これ、見て下さい」

モニター画面に映し出された映像に目をこらした。画面に映っているのは、ドライブ中の家族の様子を撮影した、よくあるホームビデオだった。

ハンドルを握る父と、後部座席でカメラに向かって楽しげに笑う二人の子供。助手席に乗っている母が撮影しているのだろう。幸せそうな家族の風景の一コマである。

だが突然、画面は切り替わり、運転する父のウェストショットが映し出された。それもカメラは少し傾き、アングルは定まっていない。

「多分、撮影者が録画されていることに気がつかず、カメラを膝の上に置いてしまったんです。ここから数十分、同じアングルのまま録画されています。それで」

松野はオフライン機のジョグダイアルを早送りの方向に回す。テープは倍速で進んでいくが、アングルに変化はない。ジョグダイアルを回す手が止まった。VTRの速度は通常に再生される。画面はさっきと同じく、運転する父を映し出している。

だが数秒後、車がトンネルに入った瞬間に、思いも寄らぬことが起こった。赤い照明のトンネルの中を走る車。ガシャンという金属音とともに、画面がノイズとともにブラックアウトしたのである。零子は息をのんで画面を見つめた。松野は彼女の表情を窺っている。

「……事故？」

「ええ、この家族は、東北地方のあるトンネルで事故に遭遇したんです。その瞬間が偶然、このように家庭用のビデオカメラに収録されてしまった。でも、見て欲しいのはそこじゃないんです」

松野は再び、ジョグダイアルを手に取り、少し画面を巻き戻した。

「よーく、見てて下さい」

画面は、事故の二十秒前に巻き戻された。再び事故の瞬間が再生される。さっきと同じように、金属音とともに、画面は黒落ちした。

「わかりました？」

少し考えて、零子はかぶりを振った。

「全然」

松野は、オフライン機を操作しながら言う。

「今度は、同じ所をスローで再生します。よく注意して見てて下さい。事故が起きる直前の父親の頭の後ろのガラスの辺り」

松野の指示した場所を凝視する。そして、零子は思わず息をのんだ。ハンドルを握る父親の後のウインドウガラスに、ぼやーっと小さな楕円形の白いものが映ったのである。零子はモニターに顔を寄せ、その物体に目を凝らした。白い固まりは、やがて、すぐに消えた。

「何か白い固まりが見えたんだけど……もう一度見せて」

松野は、再びオフライン機を巻き戻した。今度はコマ送りに近い状態で、画面は再生される。零子は、問題の白い固まりを、目を凝らして見た。

「あっ」

彼女の目は、画面に釘付けとなる。運転席のウインドウガラスに映った白い固まりは、人間の顔だった。

それも、真っ白な顔をした女性の顔――

思わず零子は息をのんだ。

能面のように真っ白な女性。その唇はまるで血のように真っ赤である。怨念を抱いた、狂女のように……。

零子の背筋に冷たいものが走る。しかし、恐ろしいのはそれだけではなかった。

やがて、その女の目がゆっくりと動いたのである。運転している男性に、視線を向けたのだ。じっと男性を見ている、その白い女。まるで地獄から、彼を見据えるかのごとく……。

そしてその直後に、事故が起こったのである。

「……見えました？」

「……ええ」

「どう思います？」

不気味な映像を目の当たりにして、零子の口の中は渇ききっていた。

「……本物？」

「さあ、どうでしょう？」

「……助手席に座っていた奥さんが、ガラスに反射して映ったって考えられない？」

「助手席にいたのは女性じゃないんです。撮影していたのは、この父親の弟さん……つまり男性だった」

「車の外にいた誰かが、反射してガラスに映り込んだっていう可能性は？」

「このとき、道がすいていたんで、結構スピードが出ていたんです。時速七十キロぐらいはあったそうです。その人間も、同じ速度で移動しないと、車の外にいた人物が反射したものとは考えにくいですね。だから、ガラスには映りませんから。それに、この女の顔は、カメラの揺れとリンクしているんです。手持ちカメラの振動に合わせて、幽霊を合成するにはハリウッドで最新鋭のＣＧ技術を使わなきゃ不可能です。バジェットも目が飛び出るほどだと思います。悪戯に使う金額としては高すぎるでしょう」

「じゃあ、松野君は、これが幽霊だと？」

「……ええ、多分ね。今まで見た心霊ビデオの中でも、結構レベルが高い。でも」

「でも？」

「悔しいことに、この映像、番組で流すわけにいかないんです」

「どうして」

「この家族、この事故で全員即死だったんです」

彼の言葉を聞いて、零子の全身に鳥肌が立った。松野は画面を見つめて言う。

「もし、車のガラス窓に映し出された女の像が幽霊だとしたら、この家族は、あの白い女に呪い殺されたことになります」

「……そういうことになるね」

「惜しいですよね。レベルの高い、心霊映像なのに」

松野が悔しがって言う。

当事者が死亡している場合、倫理的に放送することは難しかった。テレビ番組の場合、実際に起こった事件や事故を題材にする時は、非常に慎重になる。取り上げた事件や事故に死亡者が出た場合は遺族感情を考え、放送を差し控えるケースも多い。このビデオのように、一家全員が死亡している場合は尚更無理だった。

「松野君、時間ある？」

「なんですか？」

「ちょっと、聞きたいことがあるんだけど」

「いいですけど……今日、何も食ってないんだよな」

松野は少し微笑んで言った。

「メシおごって下さい」

午後六時すぎ――
零子と松野は、会社があるビルから数分歩いた所にある、雑居ビルの地下の定食屋に入った。テーブルが三席とカウンターが一つという小さな店。木目を基調とした、飾り気のない内装。広尾という土地柄にしては、庶民的な値段で食事が出来る店だった。

客は零子と松野の二人だけだった。

「先輩、何にします？　俺、とりあえずビール下さい」

松野の大声が店内に響き渡った。

「大丈夫なの？　まだ仕事があるんじゃ……」

「大丈夫、大丈夫……先輩も飲みます？　じゃあ、グラス二つ！」

零子の返事も聞かず、松野はカウンターの向こうにいる白髪の店主にビールを注文。更に今日の日替わり定食のメニューを店主に訊き、それを頼んだ。今日は鯖の塩焼きとヒジキの煮付け。零子も同じものを注文した。

二人は、久しぶりの再会を祝い、ビールが注がれたコップを合わせる。松野はコップの中のビールを、旨そうに飲んでいる。それを見て零子も、ビールを、一気に喉に流し込んだ。

「相変わらず、飲みますね」

零子は苦笑する。彼女の酒豪ぶりは会社では有名だった。飲み会などでは朝方まで飲むことはざらである。まだ松野がＡＤだった頃、零子は飲み会や番組の打ち上げで、よく彼と飲み明かした。松野はそんなに酒に強い方ではないのだが、いつも最後まで付き合った。

当時、零子はよく彼と語り合った。話題は必ず仕事の話である。松野の常人を超えた知識の量。若者らしくあか抜けた感性。そんな彼の話に、零子はいつも感心していた。心底、テレビの仕事が好きな様子だった松野。テレビ番組を作るということに、子供の頃から憧れていたという。そんな夢多き青年を、零子は少しうらやましく思うこともあった。

日替わり定食が運ばれてきた。松野の方には、どんぶり鉢にこれでもかというぐらいのご飯が盛られている。よっぽど腹が減っていたのか、運ばれて来るやいなや、松野はどんぶりの白い飯に食らいついていた。零子は少し呆れて、そんな松野を見ていた。

「それで何ですか、聞きたいことって」

シジミのみそ汁をすすりながら、松野が言う。

「人を自殺に追い込む、〝殺人メール〟が存在するっていう噂、聞いたことない？」

「〝殺人メール〟？　何ですか？　それ」

「一見、無意味な数字の羅列なんだけど。そのメールが届いた人間は、必ず何故か自殺してしまうっていう」

松野が箸を持つ手を止めた。身を乗り出して零子に言う。

「……それ、フィクションですか？　それともノンフィクション？」

「もちろん、ノンフィクションよ。これを見て……」

零子はバッグから手帳を取り出した。そこに挟んであった、一枚の紙片を松野に渡す。紙片には、楓から教えて貰った、意味不明な数字の羅列が書き写してある。松野は興味津々でメモを受け取ると、定食の盆の脇に置いた。再び箸を動かすと、どんぶり飯を口に運びながら、そのメモをじっと見ている。

零子は、事件の顚末について全て松野に話すことにした。古宇田市で起こっている連続自殺事件のこと。楓のこと。メールのこと。松野はご飯と鯖の身を交互に口に運びながら、零子の話に聞き入っていた。

「聞いたことある？　古宇田氏で起こっているような話。意味不明な数字のメールが届いたら、人が自殺するとか……」

「さあ……」

松野は少し考えると、どんぶりの底に残った最後のご飯を頰張った。そして言う。

「少し違うかもしれませんけど、冷戦の頃、ＣＩＡやＫＧＢなどの諜報機関で実際に行われたという、人間の意志を自由に操るプログラムの実験に似たものがあります。その実験では、暗号のようなキーワードを脳に刻みつけることによって、人を意のままに操ったという報告があります」

「洗脳とか、マインドコントロールってこと?」

「そうです」

「それって、詳しいことわかる?」

松野は、口の中に残ったご飯を飲み込み、コップのビールに口を付けて喉を潤した。そして一呼吸置くと、水を得た魚の如く語り始めた。

「まず、対象となる人間を拉致(らち)します。そしてその拉致した人間を隔離して、薬物や電気ショックなどを用いて洗脳して、アルファベットと数字を羅列したキーワードを脳に植え付けるんです。そして洗脳を解除して、拉致されていた時期の記憶を消し、再び社会に戻す。そして時が来たら、その人間に接触して、いきなりそのキーワードを告げるんです。そしたら、そのキーワードがスイッチとなり、その人間は洗脳された状態に戻る。後は、その人間は指示通りに動きます。まるで催眠術にかかったかのように。人を殺せと命令すれば、言う通りにするし、自殺しろと言ったら、自ら命を絶ってしまうといったように……」

俄(にわか)には信じがたい話だった。だが零子は、松野の話に黙って耳を傾けた。

「実際、八十年代の初め頃だったかな? 東南アジアの国で、当時の大統領を暗殺しようとして逮捕された人物が、このマインドコントロールにかかっていたという記録があります。逮捕後、その暗殺者の腕時計の中から、意味不明なアルファベットと数字の羅列が書かれた紙が出てきたんです。取調官がその紙の文字を読み上げると、突然男は暴れ出して警官の銃を抜き、自分のこめかみに銃口を当て、その命を絶ったというんです」

「すると、この事件の自殺者たちも、何者かにマインドコントロールされていた可能性があるってこと？」

「さあ、わかりません。ただ先輩の話を聞いて、非常によく似ていると思ったんです。現実的に、死ぬ意思のない人間を、自ら死に追いやるためには、マインドコントロールのような方法しか考えられませんね」

松野はそう言いきると、グラスに残ったビールを飲み干した。

「でも、珍しいですね。先輩がこんな〝都市伝説〟みたいなネタ話すの。ひょっとして、先輩、この〝メール〟の話、信じてるんですか？」

「当然……信じてなんかいないわ。でもちょっと気になってね」

「でも、もしそれらの事件がこの〝数字メール〟で繋がっているとしたら。大スクープになりますね」

「まさか」

確かに松野が話してくれた、冷戦時代のスパイの話は、古宇田氏で起こった一連の事件によく似ていた。自殺者たちも、洗脳されていたのかもしれない。

　しかし、彼らを前もって拉致すると言う方法は、無理があるような気もする。それに、松野が言ったような方法で、誰かが多くの人間を自殺に追いやっているとしたら……一体誰が、何の目的で行っているのだろうか？　どこかの国の諜報機関？　新興宗教？　政治結社？　やはり荒唐無稽すぎる。

「先輩、この数字メール、解読してみました？」

「いいえ……」

「もし暗号だとしたら、それを解読することによって、何か分かるかもしれませんよ」

　興奮気味に松野が言う。酔いが回ってきたのか、彼の顔は少し紅潮している。

「僕にこのメモ、貸してくれません？」

「いいけど……ひょっとして、解読するの？」

「ええ、何か気になるんです。この数字の配列。それに、もし解読できたら、ちょっとしたスクープでしょ」

　零子には有無も言わさず、松野はメモをポケットにしまい込んだ。

『死者との交信の記録』2

一九七三年、アメリカの心霊研究家ジョージ・ミークは、霊能力を持つと言われているウィリアム・オニールと出会った。ミークは、オニールと手を組んで、生涯の研究の集大成とも言える、霊と交信をする機械の開発に着手することにした。

オニールは、友人であるNASAの科学者、ジェフリー・ミューラー博士の協力を仰いだ。博士は快くオニールの申し出を受けたという。しかし人々は、ミューラー博士がそのプロジェクトに参加したと聞いて驚愕（きょうがく）する。なぜなら、ミューラー博士は、一九六六年に他界していたからだ。その時彼は、この世にいるはずのない人物だったのである。

ミークとオニールは、ミューラー博士の霊を降臨させ、プロジェクトのメンバーに迎え入れていたのだ。博士の霊は、社会保険番号や親しい友人の電話番号など、彼自身しか知らない情報を示し、本人であることを証明したという。

こうして、故ジェフリー・ミューラー博士のもと、ジョージ・ミークは、霊の声を人間の声に変換させる機械〝スピリコム〟を開発。

一九八〇年の秋、ミークとオニールは、ミューラー博士との二十時間以上に及ぶ会話を録音し、世界中で反響を呼んだ。

■システム6　浴室

　突然、携帯電話が鳴り響いた。

　一瞬、心臓が止まりそうになる。楓は、持っていたシャープペンシルを机に置き、筆箱代わりに使っているアクリルケースの傍らにある、二つ折りの携帯電話を手に取る。

　恐る恐る、携帯電話の液晶画面を見た。

《非通知》

　楓はため息をついた。まるで、忌まわしいものでもあるかのように、青白く明滅を繰り返す、携帯電話を見る。《非通知》の液晶文字の表示……。

　一体誰か見当がつかなかった。希美が死んで以来、楓の携帯電話が鳴ることはほとんどなかった。しかし、その《非通知》の主からの送信は、しばらく止まる様子はない。楓の小さな部屋一杯に鳴り響く、煩わしい機械的な着信音。まるで、拷問を受けているかのようだ。

携帯電話の着信を《マナーモード》に変えていなかったことを後悔した。一定の時間が過ぎると、留守番電話に転送されるはずだったが、それを待つのも煩わしい。

(仕方ないか)

意を決して、着信ボタンに指をかけた。

「もしもし……」


午後七時すぎ——

窓から見える外の景色は夜の帳に包まれ、水銀灯の街灯だけが、辺りを煌々と照らしていた。

楓の家がある古宇田ニュータウンは、バブルが弾ける以前は華やいだ新興住宅地だった。しかし、都心から電車で一時間以上もかかるという交通の不便さからか、近年、過疎化が進んでいる。人口は減り続け、楓の家の周辺でも、空き家をよく見かけるようになった。店を畳むスーパーや大型量販店も、後を絶たない。

暗くなると、楓の家の周りでも、あまり人の気配がしなくなった。車の通りも少なく、まるでゴーストタウンの様相を呈している。一人で家にいると、自分はこの世界から取り残されてしまったのではないか、という錯覚に陥ることもあった。

楓の母はいつも帰宅が遅く、家に帰ってくるのは、いつも楓の方が先である（楓の自宅はT女子学園からバスで数分の距離だった)。今日も、誰もいない中古の建て売り住宅である我が家に帰ってきた楓は、一人、二階にある自宅の机に向かっていた。もうすぐ中間テストが迫っている。それに備えて、苦手な数学の勉強をしている最中だった。

携帯電話を切って、軽いため息をつく。

電話の主は、昨日テレビのニュース番組の取材を依頼してきた、あの岡崎零子という女性ディレクターだった。彼女の用件は、明後日(あさって)の撮影の日時を確認するという事務的なものである。

零子は、番組のオフィスがあるテレビ局から電話をかけてきていた。テレビ局の電話を使うと、全て《非通知》表示で出るらしい。ほとんどのテレビ局は、《非通知》表示を採用しているという。先ほど、《非通知》に敏感に反応してしまった自分を、ちょっと恥ずかしく思った。

少し休憩でもしよう。携帯電話を《マナーモード》にして、椅子から立ち上がった。そして、部屋の中心にある丸いソファベッドに、その身を委(ゆだ)ねる。

あの日以来、希美の姿が目に焼き付いて離れなかった。

ゆっくりと、校舎から落ちていった希美の身体。一瞬の出来事なのに、楓の脳裏にはその光景がはっきりと記憶されていた。死んだはずなのに、ぎろりと動いた希美の目。まるで睨みつけるような眼差し。あの恐ろしい目は、何を告げたかったのか？

　楓は天井を見つめながら考えた。希美が自殺じゃなかったとしたら……。もし誰かに、殺されたとしたら？

　どうして希美は死んだのか。楓には理解できなかった。彼女が自ら命を絶つという手段をとった理由……。しかし、全く心当たりがなかった。

　もし、何か思い悩んでいることがあったのならば、何故相談してくれなかったのだろうか？　そのことを考えると、少し寂しい思いがした。希美にとって楓は、深刻な状況を相談するに相応しい友人ではなかったのか？

　自惚れではない。希美との友情は確実に存在していたのだ。彼女がもし、自殺するような深刻な状況に陥ったのなら、真っ先に自分に相談するに違いない……。ならば、一体なぜ、彼女は死んだのか？

　そう考えると、心に引っかかるのはやはりあのメールのことだった。希美の携帯に届いた謎のメール。忌まわしい意味不明な数字の羅列……。そのメールが届いたものは、必ず死を遂げる……。

　そこまで考えて、楓は恐ろしくなった。あの忌まわしい謎の数字メールは自分の携帯電話にも送信されてきていた。とすれば……次に死ぬのは自分ということなのか？

あの岡崎零子というテレビのディレクターは、何か手がかりを摑んだのだろうか？　さっきの電話では、そのことに関しては何も言っていなかった。彼女はあのメールについて調べてくれているのだろうか？　それとも、一人の女子高生の戯言として、真剣に受け止めてくれていないのか？

結局、取材などどうでもよかったのだ。普段なら、テレビの取材なんか絶対断っていたに違いない。しかし、知りたかった。自分一人だけの心の内に、恐ろしい《メール》の話を留めておきたくはなかったのである。

彼女に相談することによって、希美の死の真相が解明されれば……。そして、メールの謎が明らかになれば……もう一人で悩むことはない。

だが、本当に岡崎零子は力になってくれるのだろうか？　確かに優しそうな女性だった。こちらの要求に、真摯に応じてくれた。だが、彼女は、本当に〝メール〟のことを信じているのだろうか？　楓の心の中にある〝不安〟を取り除いてくれるのか？

ベッドから立ち上がり、再び机に向かう。あれこれ考えていると、いつもよくないことばかりが脳裏に浮かぶ。今の楓にとって、勉強することは現実からの唯一の逃避だった。勉強している間は、いじめやメールのことなど、心に渦巻く不安を忘れることが出来た。そう思い、楓は数学の参考書を手にとった。

と同時に、楓の視線は、机の上の携帯電話に釘付けになる。思わず、手にしたばかりの数学の参考書を机の上に置いた。
メール着信のランプが光っていた。
いつの間にか、メールが来ている……。
さっき《マナーモード》にしたため、メールが届いていたことに気が付かなかった。
じっと、青白く輝く携帯電話の液晶画面を見つめる。

《メールが届いています》
《no subject（題名なし）》

暗鬱な気分になった。忘れようとしても、忘れさせてくれない。毎日、執拗に送信されてくるメール。
楓は携帯電話を手に取り、そのメールを消去しようとした。岡崎零子には、メールを保存しておくように言われていたのだが、自分の携帯電話に、この数字メールが残されるのは耐え難かった。携帯電話を操作して、今着信したばかりのメールを削除しようとする。だが突然、その手が止まった。
《添付メールがあります》
添付メール？　息を呑んで、明滅する携帯電話の液晶画面を見つめる。

（添付メールって、一体なんだろう）

今まで、メールにデータが〝添付〟されていたことはない。一体、《添付メール》とは、何なのか？　不安に駆られながらも、今受信したばかりのメールを開いてみる。


〝4994568245075128 0〟


メールの本文は、今まで通り不規則な数字の羅列だった。さらに、添付されたメールを開いてみる。すると……。

液晶画面に変化が生じる。楓の眼は、その液晶画面に釘付けとなる。

ザラザラした粒子の粗い黒と白の模様が、携帯電話の液晶画面一杯に広がり、ゆっくりと一つの像を形作ってゆく。やがて、その液晶画面の画素によって作り出された〝画像〟は、何かの形を映し出す。

その〝画像〟を、じっと見つめる。しかし、楓にはその〝画像〟が、何を表わしているのかわからない。

甘くぼやけたピント。

まだらによどんだ暗闇。

そして、うっすらと人の霊魂のように漂う、白いもやのような煙——

「一体何？　これ」

思わず、楓の口から言葉がこぼれる。

その〝画像〟メールを直視出来なかった。生理的に受け付けることが出来ない。すぐに削除しようとするが、思いとどまった。明後日の取材の時、岡崎零子に見せた方がいいのかもしれない。何かの手がかりになるかもしれないからだ。でも、自分の携帯電話に、こんな薄気味悪いメールが《保存》されているのも嫌だ。そう思い悩んでいると……。

突然、〝画像〟メールが液晶画面から消え、バイブレーションとともに着信を示す画面に切り替わった。

《非通知》

携帯電話の着信ランプが、激しく明滅を繰り返している。

(岡崎さんかもしれない)

そう思い、携帯電話の通話ボタンに指をかける。

「もしもし」

だが……。

「もしもし。もしもし……」

声をかけても、電話の向こうから返事はなかった。通話ボタンを押してしまい、楓は後悔していた。《非通知》の主が、必ず岡崎零子というわけではない。

「……もしもし、誰ですか？」

相手はずっと黙ったままだ。無言電話に耳をすませる。いつまで待っても声は聞こえてこない。電話の向こうには、誰もいないのだろうか。でも、かすかに電話口からは、誰かの吐息が聞こえる。

イタズラ電話なのだろうか？　すぐさま電話を切りたかった。しかし、それが出来なかった。金縛りにあったかのように、楓の身体は硬直していたのだ。発作的に、楓の唇だけが動いた。

「……もしもし」

沈黙は続いている。電話の向こうの相手は、楓の問いかけに答えることはなかった。姿の見えない誰かのかすかな吐息だけが、楓の耳から体の内部に侵入してくる。早く逃れたかった。永遠に続くかと思われた大いなる沈黙。だが、それは、全く予期せぬ事態により、終焉（しゅうえん）を迎えることとなる。

「かえで……」

か細い女性の声だった。ずっと黙っていた電話の向こうにいる人物が、ようやく言葉を発したのだ。だが、その声を聞いて、楓の背筋に悪寒が走る。

聞き覚えがある声だった。声の主の正体を脳裏で検索する。そして、ある一つの結論に達した途端、全身が総毛立った。

このまま、電話していてはいけない……。

楓は呪縛(じゅばく)を振り切り、電話を切った。

思わず携帯電話を、部屋の壁に投げつける。壁にぶつかり、床のカーペットの上に落ちる携帯電話。衝撃でバッテリー部分が外れていた。しばらく、身体の震えが止まらなかった。生まれて初めてだった。今まで経験したことのない、とんでもない恐怖

――


どうしていいか、解らなかった。この場所にいるのが嫌だった。でも楓の足は硬直したまま、うまく歩けそうにない。しばらくその場で立ちすくみ、茫然(ぼうぜん)自失のまま震えていた。

さっきの電話の主は、楓の知っている人物だった。目の前で非業の死を遂げた親友……あの塚田希美だったのだ。

ついに自分は気が狂ってしまったのかと、楓は思った。これまで自分が信じてきた、〝現実〟に裏切られたような感覚。日常という空間が、音を立てて崩れ去っていったかのような衝撃である。

希美は、十日前に命を終えた……はずだった。葬儀も終え荼毘(だび)に付されている。その生は、確実に終焉を迎えているにもかかわらず……。

死んだはずの希美から、電話がかかってきた……。そんなことはあるはずはなかった。誰かの手の込んだイタズラなのか？　いや、そうあって欲しかった。でもさっきの電話の声は、希美だったのだ。聞き間違えるはずはない。忘れることの出来ない親友の声……。

楓の部屋は、静寂に包まれていた。どこから舞い込んできたのか、小さな蛾が、楓の机の電気スタンドにまとわりついている。

なんとか楓は、我を取り戻した。落ちている携帯電話を拾い、机の上に置く。冷たい汗が、全身の毛穴から滲み出ていた。

スタンドの周りを飛び回る、蛾のシルエットを眺める。鱗粉を振りまきながら激しいダンスを踊る小さな蛾。いつもならすぐに追い出すはずなのだが、しばらく、羽を大きく動かす蛾の動きを見つめていた。

何かが起こっている。

楓の想像を超えた、何かが……。

それが何なのか、楓には分からなかった。しかし、それはこれまでの人生で経験したことのない、明らかな〝異変〟であることは間違いなかった。

（あの電話の主が、希美だったとしたら、彼女は生きているということなのだろうか？　だが、もし希美の死が揺るぎない事実だとすれば、今かかってきた電話の主は誰なのか……。もしかしたら、希美の……)

その時、突然、楓は背後に強い視線を感じた。

背後に誰かいる気配。

その視線は徐々に近寄ってくる。だが金縛りにあったかのように、四肢は硬直し、身体を動かすことは出来なかった。逃げ出すことも、振り返ることも出来ない。

背後の強い視線が、徐々に近寄ってくる感覚。楓は息を呑む。両手が、唇が、小刻みに震え出す。

近寄ってくる〝何者〟かの気配。徐々に徐々に、ゆっくりと、だが確実に……。

呼吸が速くなってくる。やがて、その者の気配は、楓のすぐ後ろにまで迫ってきた。

何かが、全身にまとわりつくような感覚。やがて、その者の存在は、獲物をなで回すかのようにゆっくりと楓の右手を這う。

触感——

氷のように冷たい、異形の物の肌触り——

楓の目から涙が溢れてくる。そして、背後のその者の存在は、楓の右手を強く引いた。思わず目を閉じる。

いつか、こうなることは何となく予感していた。

でも、想像してた以上に怖い……。

（私は「連れて行かれる」のだ）

もはや、どうすることも出来ない。泣くことも、わめくことも、ただ、自分の運命を受け入れるしかない。

緊張が最高潮に達し、震える唇の奥の歯が、カチカチ鳴っている。楓の背後にいる〝その者〟は、冷たい手に力をこめた。楓は為されるがままである。もはや従うしかない。〝その者〟に手を引かれながら、楓は一歩、二歩と歩き出す。

自分の手を引く、その誰かの姿を、楓は背後から見つめた。

女性のようだった。

よく見ると、彼女の後頭部からおびただしい血が流れている。べっとりと血に濡れた頭髪の間から、陥没した白い頭蓋骨の断片が覗いていた。彼女は、振り返ることはなかった。しかし、その女性が誰なのか、楓は知っていた。

どこからか、声が聞こえてくる。

「あなたは、死ななければいけない」

一体、自分が何処に行くのか？　分からなかった。

ただ一つ、自分が〝連れて〟行かれることだけは、理解している。

はっとして楓は飛び起きた。ベッドサイドの置時計に目をやる。

時刻は七時四十分――

楓はゆっくりとベッドから身を起こした。カーテンの隙間から漏れる、路地の街灯の灯りを見て、まだ夜であることを理解する。

（夢だったのか？）

深くため息をついた。いつの間にか、眠ってしまったらしい。小さな蛾は相変わらず、電気スタンドにまとわりついていた。その姿を見て楓は、自分の生を実感する。たった数分の睡眠……しかし、その短い時間で体験したのは、この上なく恐ろしい悪夢だった。ほっと胸をなで下ろすと、喉が強烈に渇いていることに気がついた。

部屋を出て、一階に向かう階段を降りていった。喉を早く潤したい。楓の足は、階下にあるキッチンへと向かう。

階段は灯りがともっていなかった。まだ母が帰ってくる時間ではない。暗がりの中、階段を降りていった。彼女の帰宅時間は、だいたい午後九時過ぎくらいである。それより遅くなることもたまにあった。

さっき見た悪夢は強烈だった。誰かに触れられた時の、冷たい手の感触。それは、夢とは思えないほど現実的だった。自分の手を取り、死後の世界に導こうとした女性。その女性は〝希美〟だった。後ろ姿しか見えなかったが、姿形が同じだった。頭部の裂傷も、彼女が飛び降りたときに受けた損傷と同じである。

彼女に、「連れて行かれる」という恐怖……。あの悪夢の生々しい体験は、当分、脳裏から消えそうもない。

階下に降りると、暗い廊下を歩き、キッチンに入る。入口の脇にある照明のスイッチに手をかけようとして、ふとその手を止めた。

浴室から、かすかな物音がしていた。何か、水道から水が流れ出ているような音が……。

母が帰っているのだろうか？

いや、そんなはずはなかった。こんなに早く、母が帰ってくることはない。もし何らかの理由で早退したのであれば、連絡があると思うし、一階の電気は点いているはずだ。ひょっとしたら、自分が蛇口の栓を、閉め忘れたのかもしれない。

しかし、帰ってきてから浴室に入った記憶はなかった。母が、出がけに水の栓を閉め忘れて、家を出たのだろうか？　しかし、あの口うるさい母が、そんなことをするはずはない。それに帰ってきた時、浴室から水の音を聞いた記憶はなかった。やはり、水は、楓が帰宅した後に出されたのだ。

疑心暗鬼のまま、楓は浴室に向かった。

廊下を進む楓。浴室が近づくにつれ、ジャージャーと水が流れる音も大きくなってゆく。

脱衣場の入口から、中を覗き込んだ。いつもと変わりなかった。ハンガーに掛けられたバスタオル。洗面台には二人の歯ブラシと赤いドライヤー。母が出掛けに洗濯を終えて出たので、洗濯籠(かご)の中に衣類は残されていなかった。

楓は、水の音がする浴室の方に目をやった。照明は点いていなかった。だが、曇りガラスの戸が、半分開いている。

(やはり、誰かいるのかもしれない)

脱衣場に入り、半開きになっている戸の隙間から、薄暗い浴室の中を覗き見(み)た。白いタイル張りの床の上を、勢いよく水道の水が流れている。なんで、水が流れているのだろう。不思議に思いながらも、楓は水の流れを目で追った。

その先に、赤い渦の回転があった。排水溝を中心に、赤い渦巻きが回転しているのだ。

血だ。

固唾(かたず)をのんで、排水口に吸い込まれてゆくその血の渦巻きを凝視する。なぜ、我が家の浴室で血が流されているのか？　理解できなかった。

意を決して、楓は水音が響く浴室の中を覗き込んだ。

開放されたままの水道の栓。その水道の蛇口から、勢いよく流れ出る水の流れに沿って、鮮血が排水口を中心に渦巻きを形作っていた。水道水と血が混ざり合った液体が、白いタイルの筋に染み込み、幾何学的な模様を浮き立たせていた。楓は、その真紅の鮮血が流れてくる方向に目をやった。

浴槽の脇に、一人の女性が倒れている。

女性の手首からは、真っ赤な鮮血が滝のように流れ出ていた。そのすぐそばに、刃先が血に染まったカッターナイフがあった。手首から流れる血によって、その女性の衣服は真っ赤に染まっていた。

楓は卒倒しそうになった。しかし、そうする訳にはいかなかった。楓には、その女性に見覚えがあったからだ。

女性が着ている、血で真っ赤に染まった（多分元々、白い色をしていたであろう）スウェット、そして黒いスカート。その服にも楓は見覚えがあった。

楓の視線は、倒れている女性の顔で止まった。

タイルの上では、女性の長い黒髪が、一本一本意思のある生物かのように蠢いている。彼女の顔から血の気は失せ、宙を見据えながら静止している切れ長の目は、生命活動が終わったことを示していた。

楓は、その女性の顔を見て愕然としていた。

一体何が起こっているのか？　全く理解出来なかった。

カッターナイフで手首を切り、血にまみれたまま死んでいる女性……。

流しっぱなしの水道水と、その女性の手首から流れている鮮血……。

水に漂う黒く長い髪……。

口を開けたまま、宙を見つめるもの悲しい表情……。

楓はその人物を知っていた。だが、その事実を受け入れることが出来なかった。理解することなど、到底不可能である。

目の前で、手首をカッターナイフで切り、大量の血を流し、真っ青な顔で死んでいる一人の女性。

それは間違いなく、自分自身だったからだ。

自分自身の亡骸を前に、楓は呆然と立ちすくんでいた。自分はまだ恐ろしい悪夢の中にいるのかもしれない……。

楓はそう思いたかった。

■システム7　真相

　まるで何かに吸い込まれるかのように、恵介の足は、コンクリートの湿った床の上を進んでいた。

　眼前に、一直線に延びている地下廊下――

　恵介の位置からだと、廊下の端は薄暗くて見えない。地下水が漏れているのか、時折、何処かで水滴が跳ねる音がする。辺りを見渡しながら、進んでゆく。

　森の中で、死に絶えるはずだった。妻を殺して、その償いのための、死に向かうはずの旅だった。しかし、今、彼の行動は自分自身で制御出来なくなっていた。

　偶然、遭遇した不気味な廃墟（はいきょ）。この中で、自らの手で殺したはずの妻と再会してしまった。昨日、恵介が目撃した〝美雪〟の正体は一体何なのか？

　そのことを考えると、恵介の胸はかき乱れた。あれほど、恋いこがれた、追い求めていた妻……しかし、今やその存在は、彼にとって最も恐ろしいものとなってしまった。

果たして美雪は生きているのか？　もし、生きているとしたら、何故彼女はこの廃墟にいたのか？　それとも、恵介の妄想が生み出した幻影だったのか？〝美雪〟の正体は、彼女を殺害したという罪悪感が見せた幻だったのか？

そして、恵介は第三の推論について考えた。美雪が死んだのは事実であり、しかも、昨日目撃した彼女が、幻覚ではなかったとしたら……。

つまり美雪は……。

恵介は、広大な地下廊下を歩き続けた。物音一つしない。果てしない沈黙の世界。その寡黙な空間を、恵介はただひたすら歩いた。

しばらくすると、廊下の突き当たりが見えてきた。そこには、巨大な鈍い鉛色をした鉄の扉が立ちはだかっている。天井を這う機械やケーブルなどの類も、一直線に、この扉の奥にある部屋に向かって続いているようである。恵介は、巨大な鉄扉の前で立ちすくむ。

鉄扉の表面は、赤サビで薄汚れていた。中央には、小さな鉄製のプレートが取り付けられており、アルファベットで小さな文字が刻まれている。プレートはかなり腐食が進んでおり、かろうじてSとTとRとMの文字だけが判別できた。

ドアノブに手をかける。ギーッという金属の軋む音とともに、ゆっくりとその頑丈な鉄の固まりが動いた。意外にも施錠されていなかった。巨大な鉄扉が開くと同時に、恵介の眼に目映い光が飛び込んでくる。思わず両手で目を覆った。

そこは、今までいた薄暗がりの地下廊下とは対照的な空間だった。一面が光り輝く白い世界。部屋中が白く発光しているかのごとく、光溢れる世界。恵介の網膜は、突然の出来事に拒否反応を示す。眼前の空間の鮮やかさに、まともに鉄扉の向こうを見ることは出来ない。恵介はかざした左手の隙間から、眼を細めながら室内を窺った。

その部屋には何もなかった。周りはただ、真っ白な壁に囲まれただけの無機質な部屋。

恵介は部屋の中に人の気配がないことを確認して、ゆっくりとその部屋の奥へと足を踏み入れていった。

真っ白な部屋——

部屋は数本の太い角柱に支えられていた。しかし、その柱も全て白く塗られていたため、ぱっと見ると、柱があることに気がつかない。床も一面に、真っ白に塗られている。

慎重に辺りを見渡しながら部屋の中を進んで行く。部屋の中は広大で、高い天井には、無骨なケーブルが何重にも這い、独特の幾何学模様を形成している。恵介には、その部屋が何のための部屋か、全く見当がつかない。

数本の白い角柱の間を抜けて、恵介はその〝白い部屋〟の奥に向かって進む。無人のその白い部屋には、一切装飾品のようなものはなかった。ただ、一面真っ白な部屋。まるで、一昔前の前衛演劇の舞台か、テレビ局のスタジオセットを想起させる。人気(ひとけ)の全くない森の奥に存在した廃墟。そして、その廃墟の地下に広大に広がる長い廊下と、その中心に存在する白い部屋。

手をかざしながら、広い部屋の中を、奥に向かって進んでゆく。だいぶ目が慣れてきたのだが、それでもかなり眩(まぶ)しかった。

すると、恵介は思わず立ち止まった。視線の先に、ある奇妙なものが置いてあることに気がついたからだ。

それは椅子だった。しかし椅子といっても、かなり奇妙な形態である。大きさや形は、歯科医院にある治療用の診察台に酷似している。部屋の床から延びている無数の黒い機械ケーブルが、その〝椅子〟に絡みついていた。さらに〝診察台〟の周りには、医療器具のような機器が、幾つか設置されている。

一体、ここは何のための部屋なのか？　〝長い地下廊下〟〝隔離室〟〝白い部屋〟〝診察台〟。この廃墟の地下施設は、何のために存在するのか？　何か、怪しい新興宗教の洗脳施設なのだろうか？　それとも、何か、精神病などの治療をする部屋なのか？息を凝らして辺りを見渡す。そして、あるものを見て、恵介の心臓は激しく鼓動する。

それは〝診察台〟のすぐ上の天井に取り付けられていた、小型のビデオカメラだった。

　ビデオカメラのレンズの上の部分には、小さな赤い光がポツンと点灯している。それは〝タリ〟と呼ばれる、カメラが録画中であることを示すランプである。

（誰かに見られてる……）

　恵介は、動揺した。この廃墟に恵介以外の誰かが存在しているという事実が、確定的なものとなった。

（早く、逃げなければ）

　慌ててその〝白い部屋〟から逃げ出そうとした。自分は殺人者なのだ。躊躇している暇はない。今、自分は撮影されている。

　だが動き出そうとした瞬間、再び、あの機械が作動したかのような音と振動が始まった。辺りは小刻みに揺れ始める。

（何かが起きている）

　恵介は身構えた。徐々に、機械の振動は激しくなっていく。激しく揺れ始める〝白い部屋〟。怯える恵介。そんな恵介を、淡々ととらえる、監視カメラの黒いレンズ。

　自分を撮影する何者かの存在……恵介はその人物に、激しい怒りを感じた。きっと、その人物こそが、この地下世界の創造者であり、自分はその人物に、弄ばれているのだ。

　しばらくすると、振動は収まり、やがて途絶えた。再び沈黙に包まれる白い部屋。恵介は、呆然と辺りを見渡す。

　恵介の足は、入ってきた鉄扉の方へ向かって行った。今逃げなければ……。取り返しのつかないことが起こる予感がする。だが、既に遅かった。

　思わず、立ち止まった。昨日、廃墟の廊下で感じた、あの〝嫌な感覚〟がしたからだ。思い出すだけでも恐ろしい、背後に迫ってくる〝その者〟の気配。

　恵介は震えていた。逃れようとしても逃れることは出来ない。意を決し、背後に迫る〝その者〟を見た。

　恵介が見た背後の世界。そこは一面の白い世界……。

　しかし、そこには誰もいない。恵介は、呆然とその誰もいない白の世界を凝視する。しばらくすると、恵介の眼前に、青白い固まりが形成し始めた。次第にその固まりは、少しずつ大きくなっていく。

　恵介は息を呑んでその光景を見つめている。青白い固まりはやがて、一人の人間の形になる。ジャコメッティの絵画のようにヒョロッとした人間の形。やがて、その固まりは、一人の女性の姿に変貌を遂げていった。恵介の目の前で、その青白い固まりは一人の女性として実体化したのだ。

　実体化したばかりのその女性――

生まれたばかりの子供のように、呆然と辺りを見渡している。恵介は、その女性を見て、震えが止まらない。やがてその女性は、恵介に視線を向けると、睨みつけるように彼を見据えた。

この世のものとは思えない、恐ろしい形相。

口の端から流れ落ちている血……海藻のように、白い首筋に巻き付いた長い髪……だらんと垂らした、ほっそりとした二本の腕……真っ白な部屋の中に映える、か細いシルエット……その女性の青白い首筋に刻みつけられた、どす黒い痣の痕跡。

恵介の目の前で実体化した女性……それは〝美雪〟だった。

見間違えるはずもない。自分がこの手で、その首を絞めて殺した妻に違いなかった。

恵介は震える唇で、正面に立ちすくむ〝美雪〟に問いかける。

「どうして……」

そこまで言って、恵介は言葉を遮った。それ以上、何を言っていいか分からなかった。

二人の間に、沈黙が流れた。

殺したはずの妻〝美雪〟。彼女は何故、目の前に存在しているのか？　そして、何故この場所にいるのか？　彼女に訊こうとするが、唇が震えて言葉にならない。すると……〝美雪〟が虚ろな目で恵介を見据えて言う。

(どうして、殺したの、私を)

恵介は絶句した。答えることが出来なかった。(どうして、殺したの、私を)。その言葉を、恵介は心の中で嚙みしめた。〝美雪〟は自分が〝死んでいる〟ことを悟っていた。だとしたら、目の前にいる〝美雪〟は……。

突然、〝美雪〟の形相は、悪鬼のそれへと変わっていった。それは死の苦しみと生への執着心が生み出した、怨霊の顔だった。恵介の四肢は、恐怖で完全に硬直する。

(あなたを恨んでも恨みきれない)

恵介の全身は総毛立った。震えが止まらない。やがて、ぎごちない動きで、〝美雪〟が恵介に向かって近づいてくる。

一歩、二歩、三歩——

歩み寄ってくる悪鬼の形相をした〝美雪〟。

恵介は思わず悲鳴をあげると、白い部屋を飛び出していた。長い地下廊下を、全力で疾走する。

自分がどうしていいのか解らなかった。今、目の前で起こった現象……それは、もはや恵介の頭脳で理解することは不可能だった。

恐ろしかった。心底、恐ろしかった。そして、地上への階段を駆け上りながら、自分の犯した罪の大きさを嚙みしめていた。

ただひたすら恵介は走った。振り返ることもなく、ただ一心不乱に……。

地下廊下の階段を駆け上り、恵介は、一階の廊下に出た。後ろから〝美雪〟が付いてきているような感覚が拭えなかった。一刻も早く逃れたかった。早くこの廃墟を離れたかった。

雨はまだ降り続いていた。さっきよりも激しい雷光が廊下を照らし、少し遅れて鳴り響く雷鳴が、混乱する恵介の頭脳に響いていた。

恵介は、走った。朽ち果てた廃墟の廊下を駆けた。背後から迫りくる、〝怨霊〟から逃れるが如く……鳴り響く雷の中を駆け抜けた。

だが、その先に進むことは出来なかった。

視線の先、廊下の奥から一人の女性が歩いてくる。恵介は立ち止まり、身構えた。

そして、近寄ってくるその女性を凝視する。

激しい雷光が彼女の顔を照らした。

その女性は〝美雪〟ではなかった。雷光に照らし出されたその女性は、行く手を遮るかのように、廊下の中央で立ち止まった。

見たことのない知らない女性だった。

年の頃なら、二十代後半か、三十代前半かと思われた。セミロングの髪に、黒いノースリーブのスーツを着ている。女性は立ち止まると、表情を変えず、恵介を見た。

整った顔立ちの女性だった。だが〝彼女〟には、表情がなかった。切れ長の目に、色白の整った顔立ち。表情というものがこの世には存在しないかのような冷徹な目。機械のような眼差しで、恵介を見据えた。

「システムを見ましたね」

突然、〝彼女〟は恵介に語りかけた。

恵介はたじろいだ。こちらからも、質問したいことは一杯あった。この〝廃墟〟は何なのか？　〝美雪〟の正体は？　システムとは何なのか？　しかし、どれから尋ねていいか解らなかった。

激しい雷鳴が轟いた。雷光が、対峙する二人を照らし出す。恵介はやっと、言葉を振り絞った。

「……システムって、一体何なんだ？」

〝彼女〟は、恵介をじっと見つめた。そして、視線を外すと、激しく雨の降る窓の外を見つめた。

「先ほど、対面しましたね。あなたが殺した奥さんと……」

恵介は、はっとする。どうして、この女は、地下で起こった出来事を知ってるのか？　ビデオカメラ？　恵介の脳裏に、地下室の天井にあったビデオカメラがよぎる。

「君は、一体誰なんだ？」

「この施設で、〝システム〟を管理している者です」

「どうして……君は知ってるんだ……」

「……あなたが、奥様を殺したことですか？」

恵介は絶句する。〝彼女〟は恵介に視線を向けて言う。

「全部、知っています。あなたが奥さんを殺したことも……奥さんを殺してからの、あなたの行動も全て……」

この女は何者なのか？　恵介は動揺する。何故、自分の行動を全て知っているのか？

「奥さんを殺したあなたは、自殺しようと思い、この森の中を彷徨っていた。しかし、死にきれず、この廃墟に辿り着いた。そして昨日、この場所で、自分が殺したはずの妻〝美雪〟さんと遭遇した。そして……」

「もう、いいよ」

恵介は〝彼女〟の言葉を遮った。

「俺が見た〝美雪〟は一体何なんだ？　美雪は生きてるのか？　それとも、何かのトリックだったのか？」

〝彼女〟は、相変わらず無慈悲な目で、恵介を見ていた。

「……どちらでもありません」

「……どういうことだ？」

恵介は〝彼女〟をじっと窺った。〝彼女〟は囁くような声で言う。

「奥さんは、もう既に死んでいます」

〝美雪〟は、やはり死んでいる……ならば、さっき地下室で見た〝美雪〟は？

「あなたが殺した〝美雪〟さんは、もう荼毘に付されてました。〝美雪〟さんの肉体は完全にこの世から消滅した。それは疑いのない事実なのです」

「じゃあ、俺が出会った〝美雪〟は……一体何なんだ」

その女性は、恵介から目をそらした。恵介は、〝彼女〟の機械のような横顔を見つめて言う。

「答えてくれ」

雷光が光った。

青白い能面のような顔が恵介に向けられる。〝彼女〟はこう答えた。

「……信じられないだろうけど、現実なんです。彼女は、死後の世界から復活したのです」

「……そんな、馬鹿な……」

「……本当です」

殺したはずの〝美雪〟が死後の世界から復活した――

こんな荒唐無稽な話を、すぐに受け入れることが出来なかった。平凡な恵介の頭脳で、今まで起きたことを咀嚼することは不可能だった。

この女が言っていることは事実かどうか解らない。ただの気の狂った女が、口から出まかせを言ってるだけのことなのかもしれない。しかし、それにしては〝彼女〟の話は筋が通っていた。何より、恵介の行動を全て知っている。一体この女は何者なのか？

「どうです浦さん。わかって頂けましたか？」

医者が患者に言うように、〝彼女〟が恵介に声をかけた。朦朧とした意識のまま、恵介は〝彼女〟を見つめる。

「実は、もう一つあなたに告げなければならないことがあります」

「え……？」

意外な言葉に、恵介は思わず顔を上げた。〝彼女〟は、視線を外すと、再び朽ち果てた窓の方を見た。

「……まだ気が付いてませんか？」

激しく降る雨を見つめながら、〝彼女〟はそう呟いた。

「……どういうことだ？」

恵介には、〝彼女〟の言っていることが、咄嗟に理解できなかった。

「……あなたは覚えてますか？　どうやってこの森にやって来たか？」

「どうやってって……」

そう、言いかけて恵介は絶句した。

恵介の記憶――

〝美雪〟を殺したことは、脳裏に鮮明に刻み込まれていた。しかし、その後、どうやってこの森に入ったか、その記憶がごっそり抜け落ちている。

（一体、俺はどうやって森の中に入ったんだ）

呆然とする恵介に、〝彼女〟は再び問いかけた。

「覚えてますか？　森の中は寒かったですか？　暖かかったですか？」

「……それは？」

恵介は言葉につまった。分からない、寒かったか？　暖かかったか？　記憶がない、というよりは感覚がない。森の中をどんなに歩いても、全く疲労感がなかった。どんなに歩いても、走っても、疲れを感じることはなかった。

女性は、壊れた窓の外に降り続ける雨をじっと見つめている。時折、雷光が〝彼女〟の凍り付くような美しい横顔を照らし出す。

恵介は震えていた。〝彼女〟の無表情な横顔が、やたら恐ろしかった。

「……もう分かりましたね？」

そう言うと、女性はこちらを見る。固唾を呑んで、恵介は〝彼女〟の宣告を待った。

「あなたは、既に死んでいるのです」

（俺は、死んでいる？）

恵介は愕然とする。恐れていた事実だった。逃れようとしても逃れられない事実……

……恵介は身もだえた。

（そうだ、確かあの時……妻を殺してすぐに俺は）

あの時の出来事がフラッシュバックする。脳裏に封印された出来事……その時の記憶が蘇った。

あの時——

恵介は、美雪の死体を見つめ、呆然としていた。恵介は、息絶えた美雪の頬に寄り添い、涙ぐんだ。失踪した妻にやっと出会えた。待ち続けた至福の時……。しかし、愛する妻はもう息をしていない。

いつか、こんな日が来ることを予感していた。と同時に、自分が犯してしまった罪の重さに耐えられなかった。

気が付けば、恵介は美雪の部屋のベランダにあった洗濯ロープを手に取っていた。何かの本で読んだ、首つりの方法を実践することにした。玄関の内側のドアノブと、浴室の入口のドアノブに、その長いロープを張った。恵介は、台所で倒れている美雪の亡骸の横に跪き、張られたロープを首に巻き付けた。

〝美雪〟の亡骸を見つめながら、ロープに全体重をかけた。首に巻かれたロープが絞まる。苦悶が全身を支配していった。意識がどんどん薄れてゆく。視界は暗闇に包まれた。命が潰えてゆく……。

暗黒——
どこかで、電話の音が聞こえる。けたたましく鳴り響く、電話の機械音。煩わしい不協和音が脳内に充満して……。

雷光が激しく光った。

恵介と〝彼女〟の間に、そぼ降る雨のシルエットが映し出されている。恵介は信じられなかった。

自分は死んでいた……。

すぐにはその事実を、受け入れることは出来なかった。動揺する恵介に、〝彼女〟は淡々と語り出した。

「人は死んでも、すぐにその事実を認識出来ない時があります。たとえば、交通事故で頭部に強い衝撃を受け、大きな怪我をした場合、その事故の前後の記憶がなくなることがあるでしょう。それによく似ています。つまり、あなたは、死んだという認識がないまま、この森を彷徨っていたのです。そのことを忘れて、この森で死のうとしていたのです。もう既に死んでいるのに……」

「……じゃあ、死んだ俺の霊体は？　どうやって、この森に来たんだ？」

「人間の意識や思念は大脳から剥離しても、不可視の電磁波エネルギーとして残され、空中などに漂っています。人々は古の頃から、そのエネルギーを霊と呼んでいた。我々は、あなたの死後、あなたの霊体を、電話回線に引き込んで、この〝システム〟に取り込んだんです」

「じゃあ、あの時の電話は……」

頭の中に、こびり付いていた電話の機械音。恵介が今際の際に聞いた、けたたましく鳴り響く、電話の呼び出し音。それは、〝システム〟から発せられていた……。

「……俺は、あなたの研究してる〝システム〟によって蘇ったのか？」

「……そうです」

「〝美雪〟も、そうなのか？」

「……そうです」

「俺たちは、実験台なのか？」

〝彼女〟は、感情が失われた目を、彼に向けた。

「そうです」

恵介は、途方に暮れた。自分が〝死後の世界〟にいるということは実感できなかった。

「これから……俺はどうなるんだ？」

「さあ、それは私にも分かりません。それを観察し記録するのが私たちの仕事ですから。徐々にあなたという存在は消えて、無となるのか？　永遠に滅びることなく、未来永劫に亘って苦しみ続けるのか？　それとも、私たちには想像しないことが起こるのか、何も分かりません。でも、いずれにしても、サンプルは取らせてもらいます」

〝彼女〟はそう言い放つと、踵を返して、廊下の奥の方へと消えていった。

恵介は徐々に、世界が変容してゆく様子を感じた。

自分は死後の世界にいる。この森を彷徨っている時にはすでに死んでいた。その事実を噛みしめ、恵介は呆然とする。

去ってゆく〝彼女〟の、硬いヒールの音が、無情に響いている。

背後にあの〝嫌な感覚〟が蘇る。

振り返るとそこにはあの〝美雪〟がいた。〝美雪〟は、怨念が込められた恐ろしい形相で恵介を睨んでいた。

そして、ゆっくりと近寄ってきた。

これから自分に何が起こるのか？

果てしない苦しみか？　永遠に続く責め苦なのか？　しかし、逃げることは不可能である。

何故なら、自分はもう死ぬことは出来ないのだから……。

■システム8　屋上

暗闇――

見渡す限りの暗黒――

塚田希美は、自分の意識が暗闇に浮遊していることを知る。

一体ここはどこなんだろうか？

自分は、どうなったのか？　時折、断片的な記憶が走馬灯のように乱れる。

記憶の断片。

落ちる。

屋上――

突然、身体のバランスが崩れる。

紅(あか)い太陽がぐにゃりと歪(ゆが)む。煉瓦(れんが)色の地面が……見上げている生徒たちが……どんどん近寄ってくる……ワタシハシヌノダワ。落下。破裂。砕ける脳髄。死亡。

私を見つめる顔。

あの日——
T女子学園——三号館・二年D組の教室。
終業のベルが鳴っている。英語の授業が終わり、生徒たちが、帰宅の途につき始めた……希美も、教材やノートを鞄（かばん）に詰め終わり、教室を出る。
彼女の行き先は、T女子学園の校門——津田楓との約束。

午後三時——

三号館——四階・廊下。

帰宅する生徒たちの賑（にぎ）わい。その中に、険しい顔の希美がいる。この後のことを考えると、彼女はちょっと憂鬱（ゆううつ）だった。

（どうして、あんな約束をしてしまったのだろうか？　めんどくさい。煩わしい。毎日一緒に帰るなんて、小学生ではあるまいし。クラスが替わったのに、どうして、あの〝足手まとい〞と、付き合わなきゃいけないのだろう）

希美はゆっくりとため息をつく。

（冗談で言ったのに、「毎日、一緒に帰ろう」なんて。そのことを真に受ける、ほんとにお馬鹿な娘。うざい娘。

楓とは、先生に言われたから仲良くしただけ。友だちのふりをしていただけ。だって、そうでしょ、いじめっ子を助けると、上がるでしょ、私のお株。みんなが認めるでしょ、私のこと。さすが弁護士先生の娘だって。計算計算。

でも、さすがに楓と付き合うのも、疲れてきたかな……まぁ、クラスも替わったことだし、そのうち、うまい理由つけて、楓とは付き合うのをやめましょう。スノボーとか連れて行ってやったりしたから、あの娘も充分楽しんだでしょ。あなたと私は、身分が違うのよ。ちょっとルックスが良いからって、ちょっと勉強が出来るからって。お金もないのに、お嬢様高校に背伸びして入ったのがダサイっちゅうの）

楓に対しての文句を頭に思い浮かべながら、希美は、三号館の四階の廊下を歩いていた。

正義感の強い、小麦色の美少女――彼女は自分に付けられたニックネームを気に入っていた。先生の誰からも信頼され、クラスメートたちからも尊敬される。他人からは、そんな風に見えるように、常に心がけていた。

希美の人生設計――内申書に『優』のマークを貰い、一流の大学に進学。いずれは上流階級の誰かと結婚し、玉の輿に乗る……そんな彼女にとって、楓という存在は、人生設計を構築する上での、利用出来る小さな材料の一つにすぎなかった。

階段踊り場付近で、希美は立ち止まった。鞄の中から、携帯電話を取り出す。授業中は、携帯の電源を切ることが決まりとなっていた。お目当ての彼からのメールの着信が来ていないか、期待に胸を膨らませながら、携帯の電源を入れる。

今年の春休み。自分にぴったりの彼氏。旅行先のハワイで知り合った、ボーイフレンド。某国立大学の医大生。背も高いし、ルックスもいい。小金も持っている。遊ぶには最適な男。来週、二人きりで旅行に行く計画を立てている。もちろん楓には内緒。

しかし、その彼からのメールは届いていなかった。希美の携帯に送信されていたのは、あのいたずらメールだけである。

《メールが届いています》

《ｎｏ ｓｕｂｊｅｃｔ（題名なし）》

（また、〝あのメール〟だ、鬱陶しい）

希美は、メール画面を開く。液晶画面に表示される、数字の羅列——

〝４９９４５６８２４５０７５１２８０〟

メールを眺めて、希美はため息をつくと、歩き出した。

三号館の階段を登りながら、希美は考える。

(届いたものは必ず死ぬ、恐怖のメール、だって。バカバカしい。そう言えば、先月、死んだ望月美佐子にも、死ぬ前にこのメールが届いたらしい。大財閥の社長令嬢。まあ、あの娘、ちょっとノイローゼ入ってたからな。かなり暗い感じだったし、死んでも不思議じゃない。まあ、願わくば、楓みたいな、ウザイ奴に死んで貰いたい。生きてる価値のない、ゴミみたいなあいつが死ねばいい。みんなにいじめ抜かれて、自殺するのがお似合い。そうなったら、あんたのお葬式で泣いてあげる。思いっきり、号泣してあげる。先生も生徒も、あたしの涙に感動して、涙、涙、涙……。大体、こんなメールで人が死ぬはずない。私が死ぬはずなんかない。きっと神様が、私が死ぬことを許してはくれないハズ。私は選ばれた人間。小麦色の美少女。私には、明るい未来が……)

そこで、はたと希美は立ち止まる。

屋上――

自分が、三号館の屋上にいることを知る。なぜ、屋上まで登ってきたんだろうか？

希美は考える。自分は、(あまり気乗りはしなかったが) 津田楓の待つ、校門に行かなければならなかった。なのに何故か無意識のまま、この三号館の屋上まで登ってきた。

(何、馬鹿なことしてんだろ)

そう思い、希美は後ろを振り返る。希美は、息を呑む。

(何これ?)

希美の背後――屋上の踊り場付近には、白い霧状の気体が、広範囲に渡って、ゆらゆらと立ち込めている。

白いもや。

まるで、意思を持っているかのように、ゆっくりと蠢きながら……。

(一体、何なの?)

その白いもやは、まるで生物のようにゆらめいて、ゆっくりと幾つかの固まりに集まっている。幾つかの白いもや。やがて、その一つ一つが、変化し始める。

頭が、手が、足が……。

ゆらめきながら、人間の形を作り出す。希美を取り囲む、数体の人型の白い影。

希美の奥歯が、ガチガチと鳴り始める。

(早く、逃げなきゃ)

でも、希美の足は震えて動かない。

ゆっくりと動き出す、数体の白い影。希美に向かってくる。

思わず、持っていた学生鞄を落とした。

(たすけて)

声にならない叫び。

迫り来る、数体の白い人影。希美をジーッと見据えながら、迫ってくる。まるで、地獄から抜け出てきた、亡霊のように。

一歩、二歩、携帯電話を握りしめたまま、後ずさる希美。後ろは、屋上のフェンス。

(あなたは死ぬのです。死ななければならない)

希美の脳内で、誰かの声が木霊する。頭が、割れるように痛い。つらい。苦しい。

五階建ての三号館の屋上——

眼下は目もくらむような、絶景。豆粒のような人間。樹木。校庭。

振り返ると、無数の亡霊。

いつの間にか、屋上のフェンスを乗り越えて、屋上の縁に立ちすくんでいた。

(どうして、私は死ななければならないの)

希美の目から、涙がこぼれる。自分は、選ばれた人間なのに……明るい未来も……無限に広がっているはず……なのに……。

握りしめた携帯電話を見る。あの、意味不明の数字のメールの羅列。

（落ちろ。落ちろ。落ちろ。落ちろ）

脳内に響く、地獄からの叫び……。

（やっぱり、私は落ちなければいけないのね……）

足の力が突然、がくんと抜ける。身体のバランスが崩れる。

落ちる。

紅い太陽がぐにゃりと歪む。煉瓦色の地面が……見上げている生徒たちが……どんどん近寄ってくる……ワタシハシヌノダワ。落下。破裂。砕ける脳髄。死亡。

私を見つめる顔。ウザイあいつの顔。

楓――

どうして私が死ななければならないの？　あいつが生き残るなんて、許せない。見れば見るほど腹立たしい、あいつの顔。情けない貧乏たらしい顔。私だけ死ぬなんて、許せない。絶対に……。

希美は、深い怨念を込めた眼で、目前の楓を見据えた。

あの娘だけは絶対に許せない。

私を見つめる顔。絶対に、許せない。

楓――

■システム9　回転

血の渦巻きが、くるくると回っている。まるで催眠術をかけられる時のようだ。目の前に倒れている女性の死体。どんどんと血は流れだし、その顔色は白いというより、鈍い黄色に変わっている。

楓は吐きそうになった。死体から目を背けて、こみ上げてくる胃の内容物を抑える。息は荒くなり、足はガクガク震えている。どうしていいか分からなかった。

自分と同じ顔の死体。自分と同じ服を着た死体。楓は茫然自失のまま、浴室を出た。薄暗い廊下を歩き、リビングに入る。リビングと小さなキッチンの間にある、カウンターテーブル。その場所にたちすくみ、カウンターテーブルの上にある、ファックスと一体となった、黒い家庭用の電話機を見つめ考える。

警察に連絡するべき状況であることは明らかだった。……だが、楓は自分が今まさに直面しているこの異常事態をどう告げていいか解らなかった。

(誰かが、風呂場で死んでいます)

しかし、細かい状況を聞かれると、しどろもどろになるのは目に見えていた。

（手首を切って、血を流しています）

（その方は誰ですか？）

（若い女性です）

（ご家族の方ですか）

（………）

　警察との会話を、頭の中でシミュレートすると不安になった。今まさに、浴室で目撃した状況——自分と同じ容姿を持つ死体。怪異とも言える異常事態。そのことを、冷静に落ち着いて警官に言える自信がなかった。

　夢なら早く醒めて！

　楓の心は、そう叫ぶ。つい先ほど見たばかりの悪夢。血まみれの希美に手を引かれ、どこかへ連れて行かれるという恐ろしい夢。今もこの世界が、夢の続きであることを楓は切に願った。やがて時が来れば、自分の部屋のベッドの上で目覚めるのだ……。

しかし、その時はなかなか訪れようとはしない。

　目前に立ちはだかる現実の風景……。

　うす緑色のソファセット。取り込んで置いた新聞とダイレクトメール。冷蔵庫の表面に、大きな磁石のクリップで止められた、母からのメモ。全てが現実だった。自分の部屋に上がる前の状況と、何一つ変わっていなかった。

ただ一つ、浴室にいる恐ろしい死体を除いては……。

楓の足は、再び浴室に向かう。ひょっとしたら、さっき見た死体は幻覚だったのではないか。一縷の望みを託して、先程と同じように、脱衣所から浴室の中を覗き込んだ。

しかし、その結果は楓の心を落胆させるものだった。

開放状態のまま、ジャージャーとタイルに落下する水道の水。さっきと同じ一定のリズムで、排水口を中心にぐるぐると回転する、赤い血の渦巻き。

幻覚ではなかった。楓は、その場に立ちすくんだ。その先に存在する〝死体〟を見る気にはなれなかった。

だがその時だった。外から物音が聞こえ、玄関の鍵が回る音がした。

(帰ってきた)

天の助けかと思われた。楓の足は、自然と玄関に向かってゆく。

「ただいま」

廊下に出ると、スーツ姿の母の幸枝が、帰ってきていた。手にはスーパーのビニール袋を持っている。幸枝は、楓に似たほっそりした容姿である。四十代後半、頭髪には白いものが見え隠れしている。

母の顔を見て、楓は泣きそうになった。幸枝は、玄関のスイッチを押して、部屋の電気を点けた。家中に灯りが灯る。

（お母さん！）

靴を脱いで、スリッパに履き替えている幸枝に向かって、楓は叫ぶ。しかし、楓の方に一瞥もくれず、リビングの方へ疲れた足取りで歩いて行く。

幸枝は、いつものように疲れた様子だった。長引く金融不況のため、幸枝の勤める保険会社の経営が行き詰まっていることは、楓も知っていた。そのせいか、ここ最近幸枝は毎日のように遅くまで働き、疲れた足取りで帰って来ることが多かった。ただでさえ、か細い母の身体は、ここ数年でさらに痩せ細ったような気がする。

ここ最近、母とまともに会話した記憶が、楓にはなかった。別に喧嘩している訳でもない。女手一つで、自分を育ててくれている母のことを、楓は十二分に感謝していた。単純に、母の疲れた顔を見るのが嫌なだけだった。だから、無意識のうちに母との会話を遠ざけていたのだ。

しかし、その時は、彼女が救いの神のように思えた。

リビングに入って行った幸枝の後を追いかけた。幼い頃の記憶が、楓の脳裏をよぎる。そう言えば、自分は幼い頃、母の背中ばかりを追いかけていたような気がする。

だが幸枝は、後から来る楓に気付かないのか、リビングを通りキッチンに入って行った。

(お母さん！　風呂場で誰か死んでるの！)

幸枝に向かって楓が言う。しかし彼女は答えず、ビニール袋から牛乳や野菜などを取り出し、冷蔵庫に入れ始めた。

(お母さん！)

カウンターテーブルごしに立ち、キッチンにいる幸枝に声をかける。しかし、幸枝は疲れた表情のまま、返事をしない。黙々と、買ってきたキュウリなどの野菜を冷蔵庫に詰め込んでいる。

何故、母が無視するのか解らない……。

母は何か自分に対し怒っているのだろうか？　しかし、心当たりはなかった。

(お母さん)

いくら問いかけても、幸枝は答えることはない。こんなことなら、普段からもっとお母さんと話しとけばよかった。楓は後悔する。彼女の目から、涙があふれ出した。

血にまみれた惨(むご)たらしい死体——

そんな死体が、自分の家の浴室に倒れているという事実——

そのことだけでも、充分に、腰を抜かさんばかりの事態であると言える。だが、その死体が「自分と同じ顔をしている」という現象は、今まで十七年間生きてきた、彼女の経験の中では、推し量ることは不可能だった。

そんな不条理な事態に、どう対処していいか解らず、呆然と立ちすくんでいた矢先の母の帰宅。しかし、幸枝は楓の声に答えることも、その存在に気づく気配すらない。これは、一体どういうことなのか？

（お母さん、どうして気づいてくれないの？）

涙混じりに、楓は母に向かって叫んだ。しかし、幸枝はその声に振り返ることはなかった。まるで、楓の存在は見えないかのように、自分の作業に没頭している幸枝。どうして母は自分のことを無視し続けるのか？　楓には理解出来なかった。悪い冗談なら早く止めて欲しかった。しかし母は今まで、そんな下らない冗談で、楓を驚かそうとしたことなど一度もない。

その時、突然幸枝は作業の手を止めて、後ろを振り返った。

楓は、期待を込めて彼女を見る。しかし、無情にも母の視線は、真正面に立つ楓の目と合わさることはなかった。

幸枝は浴室の方を見て言う。

「楓、お風呂なの？」

浴室から聞こえる水の音に気が付いたのだろう。冷蔵庫の扉を閉めると、浴室の方に向かって歩き出した。

「楓？」

楓の前を通り過ぎて、浴室の方へ向かって行く。

（私はここにいるのに）

そう思いながら、楓は廊下を歩く幸枝の後を追う。

「楓？」

幸枝は脱衣所の戸を開けて、中に入っていった。楓は、浴室に入る彼女の後ろ姿を見て思った。こんなに「母が恋しい」と感じたことはないと……。楓は自分が置かれた状況を、徐々に理解し始めていた。

幸枝の悲鳴が、浴室から聞こえた。それは、十二分に予想されたことだった。

呆然とした幸枝が、青ざめた表情で浴室から飛び出してくる。浴室にある〝私〟の死体を見たのであろう。彼女はしばらく、呆然と廊下の真ん中で立ちすくんでいる。幸枝の足はぶるぶると震え、その表情は恐怖に凍り付いている。

楓は、そんな幸枝の姿を、廊下の端からずっと見つめていた。きっと永遠のお別れになるのだろう。直感的にそう思った。やがて母の姿は、楓の視界から消えていく。

しかし、消えていったのは楓の方だった。

溶暗――

遠くで、電話の音がする。

機械的に鳴り響く、電話の呼び出し音。


暗闇——

茫洋とした暗黒が果てしなく続いている。

そこは色もなく、音もなく、匂いもない、無の世界。気が付けば、その果てしない暗黒の中にいた。その中で、彼女は悟った。

(自分は死んだんだ)

〝希美〟に手を引かれてゆく夢……あれは夢じゃなかった。自分はやっぱり、〝希美〟に連れて行かれたんだ。

浴室で見た死体は、やはり自分自身だった……。

暗黒の中を漂いながら、楓はそう考える。

浴室で見た死体は、魂が抜け落ちた後の、自分の死体だったんだ。

でも楓は、自分がいつ死んだのか、全く記憶がなかった。いつ自分はどうやって死んだのだろうか。実感がないままに、あの世に行ってしまった。死という実感の喪失。死とはそんなものだろうか。

意識が途切れ始めた。まるで壊れたラジオのように、断続的に……。こうやって人は死んで、その魂は〝無〟となり、消えていくのだろうか。

そう思った瞬間、楓の意識は途絶えた。


気が付くと、楓は森の中にいた。

もうすぐ朝が訪れるのか？　それとも夜になるのか？　限りなく暗闇に近い、藍色の世界。昼と夜の間――

鬱蒼と茂った木々。複雑に絡み合った植物の様相。白く立ち込める白いもや。その森には、道のようなものはなく、ただ無造作に、不気味な木々が生い茂っていただけだった。ひょっとしたら、この場所が死後の世界なのだろうか？　楓はそう思った。

朦朧とした意識のまま、その森の中を歩き出した。暗い闇に閉ざされた森は不気味だった。時折、鳥の鳴き声が聞こえてくる。

どれくらい彷徨ったのだろうか？　楓には自覚がなかった。時折、意識が断続的に消えてなくなるのは、先程の暗闇の中にいる時と同じだった。自分はこの後どうなるのだろうか？　全く予想できない。

もし記憶が途切れたまま、元に戻らなかったとしたら……自分の意識が、魂が消える？　自分という存在が〝無〟になる恐怖。そのことを考えると、心底恐ろしくなった。自分の〝死〟を悟った時以上に――

さらに意識が断片化してくる。幻影なのか？　木々の向こうに知っている人がいる。楓は目を凝らして、その人物を見る。

女性だった。

何処かで会った人だった。でも、思い出せない。彼女は、自分の方に向かって歩いてくる。目鼻立ちのくっきりとした……あの人は……そう岡崎さん……岡崎零子さん……。

だが、どうして岡崎さんが、この森にいるのだろうか？　幻覚なのだろうか？

その瞬間。突然、目の前の女性の姿は消えた。いや、女性だけではなかった。森全体の景色が途絶えた。再び、楓は暗黒の暗闇の中を漂う。

時折、楓の脳裏に、浴室での出来事が思い出される。

目を見開き、口を半開きにしたままの恐ろしい死に顔。生物としての機能をなくした、自分自身の空虚な死体。まさか、そんなものを自分が目撃するとは思ってなかった。しかし、自分は見てしまった。

人は死んだら何処に行くのだろうか？

その答えが、もうすぐ得られようとしていた。

■システム10　画像

夢の中にいることは分かっているのだが、だからと言って、その状況を回避することは困難な、どうしようも出来ないこともある。

本宮に抱かれながら、零子はそう思った。

夢とは知りながらも、本宮との逢瀬(おうせ)は、苦しく切ない……。懐かしい、筋肉質の獣のような肢体。その端整な顔立ち。刹那(せつな)的に求めてくる、本宮の切れ長の目。零子の素肌をゆっくりと這(は)う、広く大きな手。

快感が、零子の全身を支配する。狂おしいほどに、本宮の髪の毛をかき乱す。零子の首に、本宮の手が迫ってくる。節くれ立った節足動物のような指。血走った狂気の眼差(まなざ)し。鬼のような形相。その懐かしい両手で、本宮は零子の首筋を力一杯絞める。

「ぐぅっ」と、零子は鶏のような声で呻(うめ)いた。

喉頸(のどくび)を絞め付けられた苦しみと裏腹に、倒錯した快感が零子の中で弾(はじ)ける。死に直面したものだけが得られる、ある種の独特な快感——

愛する人によって、死へ誘われる瞬間。零子は、生者としての最期の絶頂を得て、その夢は果てた。

ゆっくりと目覚める。

カーテンの向こうから見える外の世界は、まだ夜の闇が支配している。

午前四時——

自分のマンションの部屋。身体中が、汗でびっしょりだった。零子は、ゆっくりと起き上がり、浴室に向かう。

零子は、シャワーを浴びながら、さっきの夢のことを考えた。

本宮の夢を見る度に、零子の心は激しい動揺と悔恨に揺さぶられた。あのまま、本宮に殺されていた方が良かったのかもしれない。時折、そう思うことさえあった。一体、自分は何故、生きているのだろうか?

本宮がいない人生——それは零子にとって、偽りの人生だった。

もしかしたら、本宮という存在を忘れ去り、他の人生の目標に出会うことが出来るかもしれない。そう考え、十年間、〝仕事〟に〝恋〟に、必死に生きようとした。しかし、結局、本宮以上の存在と、出会うことはなかった。いつまで経っても、零子の人生は彼に支配されたままだった。

死んだことによって、永遠になってしまった〝本宮という存在〟。それは、もはや零子にとって、どうすることも出来ないことだったのだ。

浴室から出る。乾いたタオルで、濡れた髪や身体を拭き取る。そして、何気なく、洗面台の鏡に映し出された、自分自身の姿を見つめる。

洗面台の青白い蛍光灯の、ぼんやりとした光が、血色の失せた零子の顔を照らしている。そこには、疲れた顔をした、一人のさえない三十女がいた。

まるで死人のようだ、と零子は思った。

新しいパジャマに着替えて、ベッドに戻った。時間は午前五時。出社までまだ時間はあった。少し眠ることにする。

零子は、ベッドに横たわり目を閉じた。また、本宮に殺される夢を見るかもしれない。しかし心の奥底では、彼の夢を見ることを、心待ちにしている自分がいることも自覚していた。だが結局、その後の夢に本宮は現れることはなかった。


サイドボードの充電器に置かれた携帯電話が、けたたましく鳴り響いた。微睡みながら、ベッドサイドのデジタル時計を見る。

午前七時。こんな時間に誰だろう？　目をこすりながら、携帯電話に手を伸ばす。液晶画面に表示された相手先の番号は、見覚えがないものだった。怪訝に思いながら、通話ボタンを押す。

「もしもし」

『……もしもし、岡崎さんですか？』

「はい、そうですけど」

電話の向こうの声の主は、男性だった。少し低い声の中年男性。零子は、その声に聞き覚えがあった。しかし、すぐにはそれが誰か、分からなかった。

『私、古宇田警察署の畑沢と申します。朝早くに申し訳ございません』

零子は、少し驚いた。畑沢は、この前取材した刑事である。こんな時間に何の用だろうか？

『岡崎さん、津田楓さん、ご存じですよね』

「はい……」

どうして畑沢が、津田楓の名前を知っているのか。彼女が、何か事件に巻き込まれたのだろうか？

「津田さんがどうかしたんですか？」

『実はですね、津田楓さん。昨日の夜、亡くなられたんです』

一瞬、彼が言ってることが理解できなかった。しかし、言葉の意味をかみしめると、零子の頭脳は一気に覚醒（かくせい）する。

（津田楓が死んだ）

零子の頭の中は真っ白になった。

『彼女の遺留品を見ていたら、あなたの名刺が出てきましてね、それで電話したんです』

「死因は、何なんですか？」

『……ええ、今のところ、自殺の線が濃厚です』

零子は思わず、持っている携帯電話を落としそうになった。

〝畑沢〟との電話を切ると、零子は部屋を飛び出し、すぐにタクシーに飛び乗った。

午前七時二十五分——

幸いなことに、道路はまだ渋滞にはなっていなかった。愛想のいいタクシー運転手は、零子の急いでいる様子を察してくれた。法定速度を超えて、車の少ない高速道路を飛ばす。それでも、古宇田警察署までは一時間はかかるだろう。「少し、寝てても大丈夫ですよ」とその運転手は言う。しかし、眠気はすっかり醒めていた。

結局、古宇田警察署まで一時間はかからなかった。零子は、数日前にも訪れた、古宇田警察署の新庁舎の前でタクシーを降り、滑り込むように中へ入っていった。

閑散とした朝の警察署。受付で用件を告げると、女性警察官に、捜査一係に隣接する取調室に案内された。警察の事情聴取を受けるのは、大学の時のあの事件以来だった。だが零子の脳裏に、過去の事件を思い出す余裕はなかった。その時の零子の頭の中は、《津田楓の死》で埋め尽くされていた。

十分ぐらいして、畑沢が沈痛な面もちで現れた。以前会った時と同じ、紺のスリーピースの背広。あまり眠ってないのか、目をしょぼつかせている。軽く会釈すると、畑沢は零子の正面に腰掛けた。

調書を取る畑沢に、楓との関係を話した。数日前に、学校近くの喫茶店で一度会ったこと。昨日の夜……取材の日時と場所の確認のため、本人の携帯に電話をかけ、少し話したこと。

「ということは、本人と最後に話したのは、あなたということになりますね」

「畑沢さん、詳しく教えていただけませんか？ 津田さんの死体は昨日の何時頃、何処で発見されたんですか」

畑沢は、疲れた目で零子を見た。そして言った。

「……まあ、いいでしょう」

背広の胸ポケットから警察手帳を取り出して、ボソボソと滑舌の悪い声で語り始めた。

津田楓の死体が発見されたのは、昨日の夜の午後九時過ぎ。自宅の浴室で、手首を事務用のカッターナイフで切って、血まみれになって倒れているところを、帰宅した母親によって発見された。発見時には、もうすでに呼吸は止まっていたという。死因は出血多量。死亡推定時刻は、発見される一時間前の午後八時頃と推測された。

「自殺以外の可能性はないんですか？　例えば、誰かに殺されたとか？　何らかの事故に遭ったとか？」

畑沢は、後頭部の刈り上げた部分を触りながら答えた。

「さあ？　事故の可能性は全くないでしょう。他殺の線も考えにくいですね。母親が帰ってきた時、玄関は施錠されていた。他の場所からも、誰かが侵入した形跡は見られませんし、家の中も荒らされた様子はなかった」

「では、何か遺書のようなものは？」

「今のところ、見つかっていません。彼女、学校でよくいじめられていたという話じゃないですか。親友も自殺したばかりだったし……。まあ、衝動的にやってしまったんでしょう」

そう言って、畑沢は自分の右の手首を手刀で切るジェスチャーをした。零子は、ため息をつく。

「畑沢さん、楓さんの携帯電話、調べました？」

「ええ。私が直接調べましたよ。あなたに言われたことが気になりまして。津田楓さん、今時の女子高生にしては、メールの数が思ったより少なくてビックリしました。あなたが言う通り、その〝数字メール〟ですか？　それらしきものを彼女の携帯電話から発見することは出来ました。ただ……」

畑沢は警察手帳に目をやり、言った。

「もう一つ、ちょっと気になるメールが保存されていました。画像メールと言うんですか？　なにやら、わけのわからん画像が残されてました」

「画像？　一体、何の画像ですか？」

畑沢は少し困ったように言った。

「ええ、それが。どう表現したらいいのか？　パッと見ただけではわからない、何か、変な煙みたいなものを写した写真というか」

「煙？」

「ええ」

「……そこに誰か写ってるんですか？」

「いや、誰も写ってません。ただ煙だけが写ってるんです」

「畑沢さん、楓さんの携帯、見せていただけませんか？」

「いや、それはちょっと無理ですね。まだ、この件に関しては事件性がはっきりとしていない。彼女の司法解剖を待って、楓さんの自殺だということがはっきりすれば…

…最も、そういう場合でも、証拠を見せるのは、ご遺族の方の許可も必要ですが」

「そうですか……」

零子は落胆した。すると畑沢が、零子の方に身を乗り出してきた。声を潜めて言う。

「岡崎さん、少し同僚の刑事にも、あなたが言うような〝メール〟の話を聞いてみたんです。やはり、その塚田希美さんの事件以外でも、少し噂になっているようです。何人かの刑事はそういう話を聞いたことがあると言っていました。まあ、あくまで噂の範囲ですが」


立派なガラス製の自動ドアが、音もなく開いた。古宇田警察署を出て、とぼとぼと幹線道路沿いの歩道を歩く。

津田楓が〝自殺〟した……。『死を呼ぶメール』の噂が、現実となったのだ。

楓は〝メール〟を恐れていた。そんな彼女が、自殺するとは思えなかった。津田楓に何があったのか。噂の通り〝メール〟に殺されたというのか？　そんなことがあるはずはない。しかし、現実に楓は〝自殺〟した。

頭の中が混乱している。彼女の言うことを信じて、もっと〝メール〟について詳しく調査するべきだった。そうすれば、楓は死ななくても済んだかもしれない。零子は、深く悔やんだ。

楓とは、一度しか会ったことがなかった。きれいな顔立ちの、礼儀正しい少女だった。彼女に対する哀悼の念がこみ上げてくる。零子の両目から、大粒の涙があふれ出した。

それから三日後、古宇田市内の葬儀場で津田楓の告別式が行われた。小雨がそぼ降る中、零子は、古宇田市の外れの街道沿いにある小さな葬儀場を訪れた。そう言えば、楓と会った時も雨が降っていた。零子はその時のことを思い出した。

司法解剖の結果、津田楓の死因は、自傷による出血多量によるものと断定された。遺書はなかったが、警察は現場の状況証拠などにより、楓の死を〝いじめ〟を苦にした自殺であると発表した。楓を苛んだ陰湿な〝いじめ〟。学内で唯一の理解者だった親友〝希美〟の死。十七歳の少女に起こった度重なる不幸な出来事。確かに、自殺の要因は揃っている。

零子が企画していたドキュメンタリーも、放送が延期となった。インタビュー取材を予定していた津田楓が死亡したからである。ドキュメントは、楓のインタビューが中心となる構成だったため、延期になるのは致し方なかった。

だが、このまま終わらすわけにはいかない。零子はそう思っていた。命を落とした楓のためにも、何とか真実を明らかにしたい。

読経(どきょう)が流れ始める。

楓の告別式が始まった。弔問客は、T女子学園の生徒たちが多数を占めている。零子は末席から、祭壇の中央に大きく掲げてある楓の遺影を見つめ、少し、後ろめたい気持ちになった。

楓の遺影――

少し寂しげな笑顔を浮かべた楓は、やはり美少女だった。色白の整った顔立ち。少し切れ長の目。風に揺れる長い髪。逆光に映える美しいシルエット。まだ十七歳だった。彼女の未来は無限に開かれていたはずなのに、あまりにも短すぎると零子は思った。

もし彼女が自分の意思ではなく、何か他の理由があって死亡したのならば、それはあまりにも無常なことである。楓の死の真相。その真実を、白日のもとに明らかにしなければ……、遺影に写し出された楓の肖像を見つめて、零子はそう決意した。


楓の葬儀から数日が経過する。

その日の夕方、零子は古宇田駅から路線バスに揺られ、古宇田ニュータウンのなかにあるバス停で降車した。教えられた住所を頼りに、目的地を目指す。

夕闇が辺りを覆い始めていた。この辺りは、何度か取材で訪れたことのある場所だった。しかし以前に比べると、住宅街の風景は、心なしか活気がなくなっていた。

草が伸び放題になっている空き家。走る車がほとんど見当たらない閑散とした幹線道路。乗り手のいないブランコが風に揺れている無人の公園。零子は、汗ばんだ頰をハンカチで拭いながら、夕日に照らされたさびれた新興住宅地を歩いた。

告別式の時、零子は楓の母親に挨拶することが出来なかった。最愛の一人娘を亡くした悲しみに、静かに泣き続けていた母。そんな彼女に話しかけることが出来なかった。だから、いずれきちんと挨拶するべきだと心に決めていたのだ。

楓の家を訪れる理由はもう一つあった。それは、畑沢が言っていた〝画像メール〟のことである。昨日の夕方、零子は津田楓の自宅に電話して事情を告げた。彼女の母親は、零子の申し出を快く受け入れてくれた。

楓の自宅は、小さな児童公園の脇にあった。

辺りの住宅の中では、楓の家が一番綺麗だった。二階建ての白い瀟洒な住宅。玄関の脇にある小さな庭に、手入れの行き届いた小さな菜園が見えた。表札を見て、楓の自宅であることを確認すると、零子はインターホンを押した。

しばらくすると、ドアが開いて、上品な中年女性が顔を出した。楓の母、津田幸枝である。ほっそりとして、こざっぱりした女性である。

幸枝の憂いのある顔を見て、やはり楓に似ていると思った。告別式で見たときは、あまり楓に似ていないと思ったが、今日はそう思わなかった。

部屋の中に通され、仏壇に手を合わせた。

不思議な思いだった。一度しか会ったことのない少女。しかし、彼女の無念さが零子の心に伝わってくる。何としてもこの少女の無念さを晴らさなければ……零子はそう思った。

幸枝は、楓の思い出を切々と零子に語ってくれた。母一人、子一人の生活……たった一人の愛する娘を喪失した幸枝の哀しみ……そのことを察すると、思わず目頭が熱くなった。

幸枝は楓の死を、警察の発表通り〝いじめ〟を苦にした自殺だと考えているようだ。どうやら彼女は、学校側への告訴も考えているらしい。零子に、その告発を番組で取り上げてもらえないかと言う。

有名名門女子校で起こった〝いじめ〟による自殺……。

他のマスコミなら飛びつくネタだろう。零子も、それが話題性のあるテーマであることは承知していた。しかし、どうしても楓の死が自殺だとは思えなかった。

しかし、今は彼女と議論するつもりはない。泣きながら話す幸枝の言葉に、耳を傾けた。ひとしきり彼女の言い分を聞いた後、零子は話題を変えた。

「楓さん、携帯電話お持ちでしたよね」

「はい」

「それは今、どこにありますか」

「私が持っています。処分しようかどうか、迷ってるんですけど」

「ひょっとしたら、その携帯電話に、楓さんの自殺の原因を突き止める手がかりが残されているかもしれないんです。差し支えなければ、楓さんの携帯電話見せて頂けませんか？」

「ええ」

そう言って、幸枝は立ち上がって、仏間を出ていった。階段を上がる音がした、楓の部屋に取りに行ったのだろう。

しばらくして、幸枝が楓の携帯電話を手に戻ってきた。

「これ、ですけど」

幸枝は、零子に楓の携帯電話を差し出した。

「調べさせて貰（もら）ってもいいですか？」

「はい……でも、何かわかるんですか？」

「ええ……まあ」

言葉を濁しながら、楓の携帯電話の電源を入れる。零子の持っている携帯電話と違う機種だった。しかし、使い方は大体同じである。

まずは、楓の携帯電話の発信履歴と着信履歴を調べた。他人の携帯電話を覗き見るのは、あまり気持ちいいものではない。しかし、仕方なかった。

楓の携帯電話の着信と発信は、ほとんど〝のぞみ〟で埋め尽くされていた。塚田希美が亡くなってからは、彼女自身、携帯電話をあまり使っていないようだった。発信も着信も、塚田希美の死以来、ほとんど記録されていない。

最後の着信記録は、《非通知》になっている。零子は、その着信履歴を、自分自身がテレビ局の電話を使って、楓の携帯にかけた時の記録だろうと思った。だが、よく考えると、それは違っていた。

《非通知》の時刻は、午後七時四十七分である。だがあの夜、零子が楓の携帯に電話をかけた後、午後七時三十分から地下の編集室で編集作業を行っていたことを記憶している。つまり、自分がかけたテレビ局からの《非通知》電話は、午後七時三十分以降であることはあり得ない。

楓の携帯には、午後七時四十七分の前にも、午後七時十三分に《非通知》の着信が記録されている。その着信が、自分がかけた電話なのだろう。では最後の《非通知》は、一体誰からの電話だったのか？

「つかぬ事を伺いますが、お母さんの会社の電話は、《非通知》表示でしょうか？」

「いえ、違いますけど」

「楓さんの亡くなる日の夜、午後七時四十七分に、楓さんの携帯電話に《非通知》で電話をかけてくる人物に心当たりはありませんか？」

「さあ？」

幸枝は考え込んだ。

最後に、楓と電話で話した人物は誰なのか？　その人物が、楓の死の真相を解き明かす鍵を握っているのかもしれない？　しかし、《非通知》では、その人物を探ることは不可能である。そう思いながら、再び楓の携帯電話に目をやる。いよいよ本題だった。

楓の携帯電話を操作して受信メール一覧を開く。やはり、希美とのメールが大半を占めている。そして希美の死後、メールの数がめっきり減っているのも、着信履歴と同じだった。

零子は、ある一つのメールに注目した。彼女が最後に受信したメールである。受信した日時は、楓が亡くなった日の午後七時四十五分と記録されていた。楓の死亡推定時刻は午後八時頃、つまり楓が自殺する直前に、そのメールは楓の元に送信されたのだ。

そして、そのメールには、ある《画像》が、添付されていた。

（これが、畑沢が言っていた〝画像〟メール？）

ゴクリとつばを飲み込むと、零子はそのメールを開いた。

液晶画面に、数字の羅列されたメールの本文が浮かび上がる。それは以前、楓に見せて貰ったものと同じ、アドレスも題名もない、意味のない数字が羅列してあるだけのメールだった。さらに、その数字メールに添付された、〝画像〟を開く。

携帯電話の液晶画面が、変化し始める。

ザラザラな画面に浮かび上がる、まだらな黒い模様。零子は思わず、息を呑む。画面は動き始め、暗闇に、何か〝白いもや〟のような塊が現れた。画像はぼやけており、それが写真なのか、絵なのか、それとも、コンピューターなどで描いたものなのか、それだけでは分からない。

画面の中で、〝白いもや〟はずっと蠢いている。一体この、煙のような〝もや〟は何なのだろう。見ようによっては、人の顔にも見える。

ずっとその画像を凝視していると、いつの間にか零子の全身は汗ばんでいた。見てはいけないものを見たときのような、嫌な感覚。死亡する直前に、楓がこの画像を見ていたかと思うと、あまり気持ちのいいものではない。

「どうかしました？」

「いえ……」

零子は、言葉を濁らせた。

午後六時すぎ、津田楓の自宅を後にする。

バス停に向かっていると、携帯電話の着信が鳴り響いた。ハンドバッグの中に入れた携帯電話を取った。

「もしもし、先輩ですか？　松野です」

「どうしたの？」

「ちょっと、例の暗号についてなんですけど……先輩、今日の夜、時間取れますか？」

『死者との交信の記録』3

クラウス・シュライバーの周囲は、〝死〟で溢(あふ)れていた。

一九六〇年、愛する妻ガートルードが、一人娘のカリンの出産と引き換えに、帰らぬ人となった。

一九七八年。愛する妻と引き換えにこの世に生を受けた娘のカリンが、十八歳で死亡。

そして一九八八年、クラウスの息子・ロバートが、二十二歳の時に事故で亡くなっている。

シュライバーは、あまりの哀しみにふさぎ込み、愛する人たちが存在する〝霊界との交信〟の研究に没頭した。自室の地下室に、高価な電子機器を持ち込み、独自に研究を進めていった。

シュライバーは、自らが創り上げた霊界通信装置に、ビデオとテレビを接続して、愛する人々の霊の姿を録画しようと、日夜研究を重ねた。

そして一九八五年、シュライバーは、亡き家族の映像を録画することに成功した。愛する娘、カリンの姿が、亡くなった時と同じ、十八歳の時のままの姿で、ビデオテープに五フレームだけ録画されていたのである。

右手を上げた姿で、映像に映っていたというカリン。さらにビデオには、彼女の声も収録されていた。

「パパ、ミエル？　ワタシハココヨ」

この日を境に、シュライバーの死亡した家族たちが、彼が作った霊界通信装置に、その姿を現すようになった。息子のロバートも、最愛の妻ガートルードも……シュライバーは、死後の世界と交信することによって、愛する家族と再会することが出来たのである。

■ システム11　点綴(てんてい)

都心に戻ると、もうすっかり夜の帳(とばり)がおりていた。

零子は、西麻布(にしあざぶ)の交差点を広尾方面に足早に渡った。もうすぐ時刻は八時を回ろうとしている。

津田楓の自宅を出たのが、午後六時すぎだった。幸枝に頼み込んで、楓の遺品の携帯電話を借りることが出来た。

楓の携帯電話に保存された〝画像〟。この〝画像〟が、今回の連続自殺事件に関係あるかどうかはわからない。それに、正直言うと、このような不気味なものを持ち歩くのは気が進まない。しかし、一連の〝奇妙な現象〟を解き明かす手がかりであることも確かだった。

零子は外苑西通りに面した、小さな雑居ビルの前に着いた。一階にある花屋はまだ営業しており、赤ら顔の中年サラリーマンが店員に花を注文している。多分、クラブのホステスにプレゼントでもするのだろう。花屋の脇には、このビルの地下に降りる階段があった。零子は、花屋の前を通り過ぎて、裏手の階段を降下する。

地下への階段を降りると、零子の目的のバーの入口があった。

何度か、飲んだことのあるショットバー。階段のドン突きにある、木製の頑丈なドアを開けると、コルクの匂いとともに、薄暗い店内の光景が視界に入り込んだ。

それほど広くないシックな雰囲気。カウンターの奥に並ぶバーボンの種類の多さが、零子の目を引く。二つしかないボックス席は満席で、それぞれのボックスでは、比較的若いカップルがグラスを重ねていた。

零子の視線は、薄暗い店内を泳ぐ。カウンターの角で、一人ノートパソコンを叩いている松野の背中を見つけ、近寄っていく。

「お待たせ」

「遅かったじゃないですか？」

「ごめんごめん、ちょっと手間取ってね……」

「何を手間取ったんですか？」

「いや、何でもないの」

零子は、席に着きながら、松野のB5サイズのノートパソコンを見て言った。

「それより、暗号解けたの？」

「……ええ、それが」

松野は言葉を濁した。いつになく、元気がない。

髪をポマードでがっちりと固めたバーテンダーが、零子に飲みものを聞いた。零子は、ワイルドターキーのソーダ割りを頼んだ。

「……とりあえず、これを見て下さい？」

松野はノートパソコンの画面を指す。

零子は、松野のノートパソコンの画面を見る。

パソコン画面には、零子が松野に渡したメモに書いてある数字が、打ち込まれている。

〝4994568245075128０〟

「先輩から渡された、メモの数字を抽出したものです。女子高生の携帯電話に送信された数字の羅列は、この数列の繰り返しでした」

零子は無言で頷いた。

「もし、この数列が暗号だとしたら……この数列に何か意味があるのか？　そう思い、色んな暗号の解読法を当てはめてみました。そして、極めて有名なある暗号のスタイルによく似ていることに気付いたんです。それは第二次大戦中に日本に潜伏し、本国

のソビエトに日本軍の情報を暗号として電信していた、マックス・クラウゼンという
スパイが使用した暗号の方式です」
松野は、半分ぐらいに減ったジントニックのグラスを持って、口に含んだ。
「まず、クラウゼン方式の暗号について説明しましょう。クラウゼン方式の暗号は、
アルファベットで作った文章を、数字に置き換えるというものです。まず鍵語といわ
れる、暗号を作る際のキーワードを決めます。何でもいいんですが、クラウゼンは、
よく〝SUBWAY〟という言葉を用いました。ちょっと見て下さい」
松野はパソコンのアイコンをクリックした。別の画面が姿を現した。そこにはアル
ファベットが表のようになって並んでいた。

S　U　B　W　A　Y

C　D　E　F　G　H

I　J　K　L　M　N

O　P　Q　R　T　V

X　Z　・　／

「まず、鍵語の〝SUBWAY〟を一段目に書き、その次の行から、鍵語を抜いたアルファベットを順番に並べ、最後にピリオドとスラッシュを加えた表を作ります。そして次に、英語で頻繁に使われるA、S、I、N、T、O、E、Rの八文字のアルファベットに、0から7の数字を、左から縦にふっていきます」

パソコン画面のアルファベットの表に番号が付け加えられる。

S	U	B	W	A	Y
0				5	
C	D	E	F	G	H
		3			
I	J	K	L	M	N
1					7
O	P	Q	R	T	V
2			4	6	
X	Z	・	／		

「後は同じように、残った文字に80から99の数字を、左から縦に割り振れば暗号表は完成します」

Y
97
H
98
N
7
V
99

A　5　G　95　M　96　T　6
W　91　F　92　L　93　R　4　／　94
B　87　E　3　K　88　Q　89　・　90
U　82　D　83　J　84　P　85　Z　86
S　0　C　80　I　1　O　2　X　81

「例えば、《NO ATTACK（攻撃はない）》というメッセージは……」

松野は、素早い手つきでキーボードを叩いた。

N《7》O《2》／《94》

A《5》T《6》T《6》A《5》C《80》K《88》
「〝729456658088〟という数列に変換できます」

零子は、感心してパソコン画面を見つめた。

「先輩が持ってきた、メールの数字の配列を見て、このクラウゼンの暗号と何か似ているなと思ったんです」

零子は、じっと松野の解説に耳を傾けた。

「ただ、ここからがちょっとやっかいでした。鍵語が解らなかったんです」

いつものような、自信に満ち溢れた松野とは違っていた。

「いくつか、この事件に関係ありそうな言葉を鍵語として当てはめてみました。しかし、意味のある言葉にはならなかった。ただ」

零子は、息を呑んで松野を凝視して、次の言葉を待った。

「偶然、遊び半分で、ある言葉を鍵語にして当てはめてみたんです……」

そこまで言うと、松野は黙り込んだ。

「その鍵語にした言葉って、何なの？」

松野は、零子を凝視する。

「それが……」

松野は、その鍵語を口にするのをためらっているようだ。零子は、黙って松野が話すのを待っていた。おもむろに松野の口が開いた。

「……Ｇ、Ｈ、Ｏ、Ｓ、Ｔ……ＧＨＯＳＴ」

「ＧＨＯＳＴ？」

零子は、息を呑んだ。

「先輩に、この数字を書いた紙貰った日、あの〝幽霊〟が映ってるビデオ見ましたよね。白い顔をした女の霊が映っている視聴者から送られてきたビデオ。そんなこと思い出している内に、頭の中に〝GHOST〟の文字が浮かんだんです。それで、ちょっと、遊び半分に試してみたんです。見て下さい」

松野はパソコンを動かした。

「さっきの〝SUBWAY〟と同じように、〝GHOST〟を鍵語にした表を作ってみたんです」

G	H	O	S	T
A	B	C	D	E
F	I	J	K	L
M	N	P	Q	R
U	V	W	X	Y
Z	・	／		

「先程と同じく、〝A、S、I、N、T、O、E、R〟の8文字のアルファベットに左から縦に順に0から7の数字を振ります」

松野は、パソコンのキーボードを操作した。アルファベットに数字が加わる。

T	5	E	6	L	R	7	Y

G	H	O	S
		3	4
A	B	C	D
0			
F	I	J	K
	1		
M	N	P	Q
	2		
U	V	W	X
Z	・	／	

「更に、残ったアルファベットに80から、99の数字をはめ込みます」

G	H	O	S	T
80	85	3	4	5
A	B	C	D	E
0	86	89	94	6
F	I	J	K	L
81	1	90	95	98
M	N	P	Q	R
82	2	91	96	7
U	V	W	X	Y
83	87	92	97	99
Z	・	／		
84	88	93		

「これで、〝GHOST〟を鍵語にした暗号表が完成しました」

零子はパソコン画面を凝視した。

「いいですか、この表をふまえ、自殺した女子高生のメールに届いた、数字の羅列を照らし合わせてみると……」

　画面に、楓に送信されたメールの数字が浮かび上がる。

〝49945682450751280〟

「4はS、99はY、4はS、5はT、6はE、82はM、4はS、5はT、0はA、7はR、5はT、1はI、2はN、80はG。これらのアルファベットを並べてみると」

　松野は、パソコン上の数字をキーボードで消していった。

〝S、Y、S、T、E、M、S、T、A、R、T、I、N、G〟

　松野が呟くように、その英文を読み上げた。

「SYSTEM STARTING」

　零子は、画面に映った、アルファベットの文字を見つめていた。そして呟くように言う。

「何かの、〝システム〟が作動したってこと？」

　松野は、その質問に答えず、無言でパソコン画面を見ていた。

　二人の間に沈黙が訪れる。

零子は、テーブルの上に置かれてあった、バーボンソーダに口をつけた。渇いた喉に、バーボンソーダが浸透してゆく。

「〝システム〟って、一体何のシステムなんだろ？」

「……さあ、わかりません」

パソコン画面を見つめたまま、松野が言う。

「でも、結局……数列に意味があったからといって、根本的な部分が何も解決してないんです。なぜ、このメールを受け取った人間が自殺するのか？　なぜ、この数字の羅列で、人が死んでしまうのか？　その仕組みは、全然わからない」

松野は、自嘲的に言う。

「今の解読方法だって、無理矢理にこじつけただけかもしれない。ひょっとしたら、この数列には、もっと別の意味が隠されているかもしれないし、ひょっとしたら、本当に全く意味がないのかもしれない。結局、この数字の意味がわかったとしても、何も解決していないんです」

謎のメールに記された、一見、意味不明な数字の羅列から浮かび上がる〝SYSTEM　STARTING〟の文字。

システム——

システムとは、一体何なのだろうか？　楓たちの死と、何か関係はあるのだろうか？

　少なくとも今言えることは、このメールを受け取った人間が、次々に自殺したということ。そして、数字の羅列を解読すると、〝SYSTEM STARTING〟という意味のある言葉が浮かび上がったということだ。

　謎は、さらに深まった。

　零子は、再び、バーボンソーダのグラスに口をつける。

「……そのメールの発信元、突き止めることは出来ないかしら？」

「手がかりが少なすぎますね。そのメール、アドレスも隠して送られて来てるんでしょ。アドレスがわかれば、プロバイダから探れないこともないんですが」

　零子は、自分のハンドバッグから、楓の携帯電話を取り出した。

「これを見て」

　例の〝画像メール〟を開いて、松野に見せる。

「なんですか？　これ」

　液晶画面一杯に映し出された、あの〝画像〟。

　黒いまだら模様を背景に浮かび上がる、不気味な白いもや。

　まるで心霊写真を鑑定するかのように、松野の目は、楓の携帯電話の液晶画面に釘付けとなっている。

「このメールが、楓さんに送られてきたのが、彼女が自殺する少し前。この〝画像〟は例の数字メールに添付されて送られてきた。楓さんの自殺と何か関係があるはずだと思って、さっき楓さんのお母さんから無理矢理借りてきたの」

「さすが……ですね」

松野は、少しあきれた声で言う。

「……何か感じない？」

「さあ、僕は霊能力者じゃないですから……でもちょっと気味悪い画像ですね。なんか、心霊写真によく見られる、エクトプラズムみたいですね」

「人間の霊魂ってやつ？」

「ええ」

そう言うと、松野は、じっとその不気味な画像を凝視した。

そして「あ」と小さくそう呟くと、その目は、液晶画面に釘付けとなる。

「どうしたの？」

「なんか、見覚えあるんだよな。この写真……」

「え？」

松野は、楓の携帯電話を見て考え込む。

「見たことがあるって、どういうこと？」

「さあ？」

「いつ見たの……最近？」

「……ええ……最近のような……もっと前のような……」

そう言うと、松野は、その〝画像〟を凝視して考え始める。

零子は、黙ってその答えを待った。

しばしの沈黙が二人を包む……そして。

「あっ!!」

松野は、静かなバーの店内に響き渡るほどの大きな声で叫んだ。グラスを洗っていたバーテンダーが、ちらりと松野の方に目をやる。

「思い出した？」

携帯電話を握りしめて、松野は大きく頷いた。

■システム12　邂逅

研ぎ澄まされたナイフのような、鋭い白い光が楓の網膜を射貫いた。

楓は、ゆっくりと覚醒する。

その場所は、訪れたことのない場所だった。白く光り輝いている空間……光に溢れた部屋。楓は朦朧とした意識で辺りを眺める。

最初、その場所が天国なのかと思った。しかし、天井に張り巡らされた無数の機械ケーブルと、部屋の所々に白い柱があることから、この部屋は、人間の手によって設計された、人工的な空間であることが推測された。

部屋の中央に見慣れない機械があった。

人一人が座るような、病院の診察台のような無骨な黒い機械。天井や地下から張り巡らされた、無数の機械ケーブルと繋がっている。診察台の脇には、見慣れない機器らしきものも設置されていた。真っ白な部屋の中心に据えられた、奇妙な〝診察台〟。

それは、まるで何かSF映画に出てくる風景のようだった。

（ここは一体、何処なんだろう？）

（そして、なぜ私はこの場所にいるんだろう？）

楓には、まだ「自分が死んだ」という実感がなかった。肉体の感覚はあった。意識も、時折消えたりするが、今のところはっきりしていた。ひょっとしたら、まだ自分は生きているのではないか？　かすかな希望が楓の胸に浮かび上がる。

自宅の浴室での異変……自分と同じ顔をした〝死体〟との遭遇……。

それは、恐ろしい悪夢だった。そして、たった今、自分は悪夢から覚醒した……。そう思いたかった。自分が死んだという事実を、認めたくはなかった。

その時、ドアが開く音がした。楓は身構える。誰かの足音が聞こえてきた。

（誰か来る！）

足音は、徐々に大きくなってきている。楓は、その足音の方向を見つめた。一人の人物が楓の方に向かって歩いてきた。

知らない女性だった。芸術作品のような整った顔立ち。少し小柄で、引き締まった容姿。黒を基調としたシックな装い。〝彼女〟のあまりの妖艶（ようえん）な美しさに、思わず息を呑（の）む。

〝彼女〟は楓の正面で立ち止まり、猫のような切れ長の目を向けた。

「目が覚めた？」

囁くような静かな口調で、その女性は言った。

真っ白な部屋に佇む、美しい芸術作品のような〝彼女〟……それはまるで、シュールリアリズムの絵画から抜け出したような姿だと思った。

（あなたは？）

「この場所の管理者……と言っても、あなたはこの場所が何処か分からないでしょうけど」

（ここは何処なんですか？）

「私の父の研究施設です……」

（何の研究施設なんですか？）

〝彼女〟は質問に答えず、黙って楓を見つめた。

（教えて下さい。私は生きてるんですか？　それとも……死んだんですか？）

〝彼女〟は、答えなかった。表情を変えず、無言のまま楓を見つめた。楓は、自分でその質問の意味を噛みしめて、恐ろしくなった。そして、〝彼女〟は、薄く口紅を引いた唇をゆっくりと動かした。

「あなたは死にました。自宅の浴場で手首を切って自らの命を絶ったのです」

（そんな……）

「あなたの葬儀はもう終わっています。あなたの肉体は、すでにこの世界から消滅しました。それは間違いのない事実なのです」

自分が死んだ……。

その言葉を聞いて、目が眩みそうになった。自分が死んだという事実を、認めたくはなかった。

(でも肉体の感覚は残っています。それに、意識だってあります。何かの間違いではないですか？)

楓は必死で抵抗する。だが〝彼女〟は……。

「聞いたことがあるでしょう。事故や怪我などで肉体の一部が欠損しても、喪失した肉体の部分がまだ残されているかのような感覚があることを。あなたは今、その状態なのです。死者はすぐには、自分の死を知覚することは出来ないのです。ゆっくりと時間をかけて、そのことを理解してゆくのです。でも、人によってはそのことが受け入れらず、永遠に苦しみ続ける者もいます。でも、あなたはうすうす感づいていたんでしょう。自分が死んだということを」

自分の肉体は、滅びた……深い悲しみに包まれる楓の心。

(私は、まだ死にたくなかった……なのに……何故)

「……あなたは、連れて行かれたのです」

(連れて行かれた？)

「あなたは、先に死んだ〝お友達〟の霊によって、このシステムに引き込まれたのです」

脳裏に、希美が死んだ時の光景が蘇った。


落下する希美の身体。

鈍い音とともに弾ける希美。

割れた頭蓋骨から、流れ出る鮮血。

楓を見据える、死んだはずの希美の、恐ろしい眼。眼。眼。眼。眼。眼。


あの時の眼差しの意味を知る。それはあなたを〝連れて行く〟という意志の表れだったのだ。一人だけでは死にたくないと……。そして、その本懐は無事に遂げられた。

（でも、私は自分が死んだときのことを、全く覚えていません。私は、いつどうやって死んだんですか）

〝彼女〟は、表情一つ変えず、平然と答えた。

「先程も言ったように、死んだ人間の霊魂は、自分の死を知覚できない場合があります。ある種の多重人格者の症例のように、自分に都合の悪い記憶は忘れてしまう、ということによく似ています。あなたの場合も同じです。あなたはあなたのお友達の霊に取り憑かれて、自らの手でその命を絶った。そして、死後。霊体となったあなたは、〝自殺した〟という事実を自分の記憶から、取り去ったのです」

〝彼女〟の淡々と語る事実に、打ちのめされる。そして、楓の死の前後の、脱落した記憶の断片が、脳裏に溢れ出した。


あの夜――希美が現れて、楓の耳元で囁いた。

「あなたは、死ななければいけない」と。

楓は、机の奥にしまってあった事務用のカッターナイフを手に取り、階段を降りて、一階にある浴室に向かう。

死ななければいけない。

死ななければいけない。

脱衣所を抜けて、浴室に入り蛇口から湯を出した。

目を閉じて、自分の左手首の動脈にカッターナイフをあてる。

一気に、カッターナイフを持つ手に力を込める。

（熱い！）

突然、火鉢を当てられたような感覚――

勢いよく、手首から血が迸った。

想像していたよりも多くの血があふれ出し、浴室のタイルに流れてゆく。楓はその場に倒れ込んだ。

痛みは、どんどん増してゆく。早く死ねばいいのに、なかなか死は訪れてこなかった。どうして自分がこんなことをしているのか分からなかった。しかし、死ななければいけなかった。痛みと苦しみは、どんどん酷くなっていく。

苦しむ私を、〝希美〟は傍らで見つめている。その顔は、おぞましいほどの〝悪意〟に満ちていた。

どうしてなの。あなたはなぜ、そんな目で私を見るの？

希美――

寒気がして、身体中がぶるぶると震えてきた。四肢の力が抜け落ちてゆく。でも、まだ死の時は訪れてこない。この苦しみはいつまで続くんだろう？　早く楽になりたい。

くるくると回る血の渦巻き。水道水とともに、排水溝に流されてゆく楓の血液。一定のリズムで、くるくると回転している。その血の回転は、自分の血液が全て流れ出るまで、続けられるのだ。そしてその赤い渦巻きが、生きている楓が見た最後の光景となった。

真っ白な空間。

佇む〝彼女〟と、楓の霊。

失われた自分の〝死〟の記憶。その欠落した〝記憶〟の断片。

「浴室で死亡したあなたの魂は、肉体から剝離して、ベッドの上で覚醒しました。そして、死の記憶がないままに、浴室で〝自分の死体〟を目の当たりにしたのです」

〝彼女〟の言葉を聞いて、楓は呆然とする。

(やっぱり、自分は死んでいた)

溢れる深い絶望感。現世に対する無念の思い。楓の心の中は、生への執着心で溢れていた。

(死にたくはなかった……)

楓の目に涙が溢れる。もっとも……正確に言えば、肉体があった頃の残滓が、楓の魂に、目から涙を流しているかのように錯覚させていただけなのだが……。

〝彼女〟は、そんな楓を見つめて言った。

「心配しないでいいのよ」

涙ながらに、楓は〝彼女〟を見る。

「あなたは、復活したの」

(復活……どういうことですか？)

〝彼女〟は、質問に答えず、無表情のまま楓を見つめていた。その目は、死者の楓よりも、まるで生気のない眼差しである。

ゆっくりと穏やかな口調で、〝彼女〟は楓に言った。

「今に分かります。死は恐れるものでないということを」

■システム13　暗夜

フロントガラスを大粒の雨が叩きつけていた。

夜の闇に浮かび上がった、ヘッドライトに反射する雨粒の飛沫。高速道路の舗装された路面に、激しいダンスを踊っているかのように弾けている、針のような無数の雨水。時折、雷光が光り、深夜の高速道路一帯を照らす。

ハンドルを握る零子は一人、ワイパー越しに見える、東北自動車道の濡れた路面を見つめていた。

午前一時三十四分。零子は、渋谷のレンタカーショップで借りたセダンタイプの国産車に乗り、東北自動車道を青森方面へと走っていた。東京を出てから、四時間あまりが経過している。あと数時間程で目的地のインターに到着する予定だった。

深夜の高速道路は、ほとんど車が走っていなかった。零子は、ある種の決意を込めた凜々しい目で、ハンドルを握っている。雨は激しく車のボディーを叩きつけ、時折、激しい雷光が襲う。それでも、零子はひるまず車を走らせ続けた。

（まさか、こんなことになるなんて思わなかった）

ハンドルを握りしめ、零子は悔恨する。

彼女の視界は、時折、ぼんやりと滲んでいた。最初は、それが雨のせいだと思っていた。しかし、しばらくすると、それが自分の涙のせいだと悟る。頬を伝う、生温かい液体の感触。自分が泣いていることを知ると、さらに涙が溢れ出てきた。零子はハンドルを握ったまま、思いっきり泣いた。涙で視線の先がぼやけて見えない。それでも構わず、零子は泣き続けた。

豪雨の中、深夜の高速道路を走る一台のレンタカー。まるで、何かに導かれるかのように。そしてそれは、避けようのない運命であるかのように……。


数日前――《ＤＲＥＡＭ－ＰＲＯＤＵＣＴＳ》の倉庫。

そこで松野は、ある古い書物に掲載された一枚の写真を発見する。昭和五十年代に発行された、海外の有名な作家が監修した大判の書籍。それは、世界各地で起こった超常現象や心霊現象の実例が、写真入りで詳しく紹介された翻訳本である。

松野はその本の中に掲載されていた、一枚の写真を零子に見せた。

色あせたセピア色の不気味な写真――

暗闇に漂う、不気味な白い煙……。

その写真は、楓の携帯電話に送信されてきた、あの〝画像メール〟に酷似していた。白いもやの形状や、背景の黒いまだら模様のボケ具合までよく似ていた。零子は、その写真の注釈に注目する。

〝可視化に成功したエーテル体をとらえた写真〟

それは一九〇四年。イギリスの物理学者、スミス・ブランドンが撮影した、〝エーテル体〟といわれる物質をとらえた写真であるという。

「エーテル体？」

松野は、予め調べてあったのか、手元のメモを開いて言った。

「えぇっと、〝エーテル体〟とは、十九世紀の初頭に光の波動を媒介するとして考えられた物質です。ただし、その〝エーテル〟は理論上だけの存在で、実在が証明されたことはなく、アインシュタインの相対性理論の出現により、完全に否定されたとあります」

「この写真の白いもやみたいな部分が、その〝エーテル〟って訳ね」

「そうです。当時の物理学者の間では、この〝エーテル〟が、本当に存在するかどうかという議論が、熱心に行われていました。この写真を撮影した物理学者のスミス・ブランドンも、〝エーテル〟肯定派であり、その実在を学会に証明するべく、このような写真を発表したんです」

零子は、図版に掲載された写真を見つめた。

「当時、〝エーテル〟は、光や電磁波など、この世界の、全ての物質を媒介させる性質を持つものとして考えられていました。写真を撮影したスミス・ブランドンは、その考えをさらに飛躍させて〝エーテル〟を媒介させることよって、目に見えない物質まで実体化できると思ったんです」

「人間の目に見えない物質って?」

「例えば、人間の思考や想念……そして、精神体や霊魂と呼ばれる存在です」

「精神体や霊魂?」

「ええ、ブランドンはこう考えました。人間の精神や霊体と呼ばれる存在は、全て物質であり、〝エーテル〟を媒介することによって、それらの可視化は成功するのだと。ブランドンは霊魂の存在を信じていました。この本に記載されていた〝エーテル〟の写真は、ブランドンの周囲に漂っていた〝霊体〟を〝エーテル〟によって可視化し、それを撮影したものだというんです」

「〝霊体〟を可視化した……。つまり、霊魂の存在を証明したっていうこと?」

「まあ、そういうことになるんですけど……。でも、ブランドンの理論は、あまりにも荒唐無稽(むけい)で学会に受け入れられることはありませんでした」

零子は、手元の書物に掲載されている〝エーテル体〟を写したとされる写真と、机の上に置かれた、楓の携帯電話に表示された〝画像〟を見比べて言った。

「松野君……。よくこの〝エーテル〟の写真に気が付いたわね」

「ええ、何年か前に番組で、スミス・ブランドンの〝エーテル〟理論を紹介しようと思って、色々と調べたんです。でも古いし地味すぎるって、ボツになっちゃったけど、頭の中で〝エーテル〟って言葉がずっと引っ掛かっていて」

零子はデスクの上に置いてあった、楓の携帯電話を取り上げた。液晶画面に表示された、〝白いもや〟の画像をじっと見つめる。

「でも、もしこの写真が〝エーテル体〟だとしたら、なぜこんな写真が、楓さんの携帯に送られて来たんだろう。ひょっとしたら、誰かが今でも、〝エーテル〟の研究をしているということかな?」

黒いまだら模様の中に、ぼんやりと浮かび上がる〝白いもや〟。もし〝エーテル〟が、今でも研究されているとしたら、今回の事件と何か関わり合いはあるのだろうか?

意味不明な数字の羅列——

古宇田市で、連続して起こる自殺事件——

そして、〝エーテル〟の画像——

更に深まる謎。一向に解明の糸口が見えない、深い迷宮の中の闇。これらを結びつけるものは一体何なのか？　零子は、液晶画面をじっと見つめた。

だがその数日後、さらに不可解な現象が起こったのである。

零子の携帯電話にも、奇妙なメールが舞い込んできたのだ。

そのメールは、楓に送信されてきたものと同じで、題名もなく、アドレスもなかった。思わず身構える零子。しかし、メールを開いてみると、その内容は違っていた。

それは、画像メールだった。零子の携帯電話の液晶画面に、送信されてきた画像が映し出される。


青みがかった画面――

粒子の粗い液晶画面に現れる、不気味な画像。それは、緑の木々を写したものであることが分かる。

それは〝森〟だった。

ざらざらとした画面に現れた、どこかの〝森〟の風景。さらに目をこらすと、その森の木の陰に、誰か人が立っているのが見える。

画像の中に、ぼんやりと映り込んでいる人物。どうやらそれは女性らしい。長い髪に、全身が血にまみれたスウェット。顔はぼやけていてよく分からないが、その女性のいでたちは、津田楓によく似ていた。

零子は画像を見て愕然（がくぜん）とする。森の木陰に佇（たたず）む女性は、畑沢から聞いた、楓の死亡時の格好と一致していた。果たして、その人物は津田楓なのか。でも、もしそうだとしたら、どうして、この画像に彼女が写っているのだろうか。彼女が死ぬ前に撮影したものなのか。でも、どうして死亡時の服を着ているのだろう。そしてなぜ、零子の携帯に、この画像が送られてきたのか。誰が？　一体何のために？

そう思い、しばらく液晶画面を眺めていた。そして零子は、ある事実に気がついた。その画像メールにはもう一つ、別の画像が添付されていたのである。慌てて、その添付メールを開く。

楓をとらえた森の〝画像〟が消え、添付された画像が、液晶画面に表示される。

それは、簡略化された地図だった。

零子の携帯電話に送信されてきたそのメールは、カーナビなどで使われている人工衛星を経由して、写真が撮影された場所の地図が添付出来るタイプのものだった。

〝森の画像〟は、添付された地図が指し示す場所で、撮影されたのだ。

その地図は、東北地方のある地域を指し示していた。そのポイントされた場所は、広大な森の中。地図の欄外にその森の住所が記されている。

《〇〇県・××郡・S森》

眼前に広がる、暗い高速道路――

雨足は一向に治まらず、さらに勢いを増している。フロントガラスに叩きつける、大粒の雨。

零子は濡れた瞳で、激しい雨が降る暗闇の道路を見つめている。


零子の目的地――

《〇〇県・××郡・S森》

地図で調べると、S森は東北地方の二つの県にまたがるO山脈の山奥の中にあった。

S森――

O山脈の奥深い場所に存在する、広大な原生林の森。

S森一帯は古くから霊場としても知られており、地元の人間もたたりを恐れて、足を踏み入れる者は少ないという。インターネットの都市伝説などでは、「一度足を踏み入れたら、二度と出ることは出来ない」という記述もあった。人々から恐れられている〝禁忌の森〟……そのS森こそが、零子の目的地だった。

目映い雷光が、夜の高速道路を照らした。ほぼ同時に、激しい雷鳴が零子の耳をつんざく。だが、ひるんでる訳にはいかない。零子は、どうしてもS森に行かなければならなかった。

あの日――

西麻布の地下にあるショットバー。グラスを傾ける零子と松野。午前零時過ぎ、終電が近いためか、客はほとんどいない店内。

零子は、松野に、死んだはずの楓を映した〝画像〟のことを語っていた。そして、S森のことも……。

「行ってみようと思ってるの。S森に」

松野は首を傾げると、淡々と答えた。

「僕は、止めといた方がいいと思います」

松野の答えは、零子にとって少し意外だった。

「どうして？」

「変だと思いませんか？　わざわざメールに地図が添付されてるなんて。先輩を、誘い込んでいるようにしか思えません。きっと、その〝画像メール〟を送ってきた人物は、〝挑発〟をしかけてきているような気がします」

松野は、いつになく真面目な顔でそう言った。

「それに、気になることがあるんです」

「……気になることって？」

「実は、この前説明した、マックス・クラウゼンの暗号は、本当はもっと複雑なものなんです。実際にクラウゼンは、この暗号表によって作った一見無意味に見える数字の列を更に複雑な数値に変換させて、本国のソビエトに送信していたんです。日本の特高警察がクラウゼンを逮捕した時も、彼の暗号は複雑すぎて誰一人として解読することが出来なかったと言います」

「……どういうこと？」

「つまり、この前、僕が解読した方法は、実は暗号解読においては、基本中の基本なんです。暗号の本に一番初めに載っている基礎の方法です。何を言いたいかというと、あの暗号メールを作った人間は、別に解読されても構わなかった。いや、どちらかというと解読して欲しかったんじゃないかと思うんです。誰かに伝えたかったんでしょう。〝SYSTEM〟が作動したことを……」

珍しく、松野の語気は上がっていた。そんな彼の様子を見るのは、初めてだと零子は思った。

「〝挑発〟しているのかもしれない。でも、このままほっとく訳にはいかないでしょう。一連の自殺が、あのメールに関連しているのは、間違いない。〝SYSTEM〟

が動き出したのなら、誰かがそれを突き止め、その真相を伝えないと」

零子も、強い口調で言い返した。不服そうな顔で、松野が黙り込んだ。

一瞬の沈黙が訪れる。

静かに流れるスウィングジャズの音色――

しばらくして、その沈黙を松野が破る。

「……先輩、何でそんな必死なんですか？」

松野が、ボソッと言う。

「仕事にもなってないネタに、何でそんな一生懸命なんですか？」

「……仕事になるかならないか、やってみないと解らない。でも、私は知りたいの。楓さんの自殺の原因は何なのか？　古宇田市で起こった事件の謎を解明する手がかりが、〝S森〟にある」

「イタズラかもしれませんよ」

「別にそれでもいいの。イタズラならイタズラで、一つの答えが見つかるのだから」

「先輩、ヤバイですよ」

「どういうこと？」

「……何か先輩、〝導かれている〟感じがします」

「え……」

零子は、言葉が出なかった。

〝導かれている〟

まさしくそうかもしれなかった。しかし、一体何に導かれているのだろうか？

〝システム〟なのか？　〝エーテル〟なのか？　考えても、答えは浮かんでこない。

松野は、難しい顔をして黙り込んでしまった。それは今まであまり見たことのない表情だった。

「なら……俺も行きますよ？」

松野がぼそっと、呟くように言った。

零子は、ちょっと驚いた。もちろん、松野が同行してくれるのは心強かった。しかし、彼をこれ以上巻き込んではいけないという気持ちもあった。

「仕事……大丈夫なの？」

「何とかなりますよ」松野はぶっきらぼうに言った。「俺も知りたいんです。〝システム〟って何なのか？……それに」

松野は黙り込んだ？

「何よ」

「まあ、いいや」

「言いかけて、やめるのは良くないわよ」

「いいす、もう」

そう言うと松野は、グラス一杯のジントニックをあおった。

彼は何を言いたかったのか？　後になって、零子はそのことを知る。

しばらくして、松野は飲んでいる酒をジントニックから、バーボンのロックに替えた。ブーカーズという、松野が好きなバーボンだった。零子もそれと同じものを頼んだ。かなり強い酒だった。

「先輩は、幽霊って信じます？」

「そうね、死後の世界には興味あるけど、いわゆる幽霊は、見たことないから……」

「俺も、最近まで全然信じてなかったんですよ」

意外な言葉に、零子は少し驚いた。

「さんざんそういうネタを番組でやってたのに？」

「ええ、大抵の心霊現象は科学的に解明出来ます。でもこの前見た、トンネルに現れた女の幽霊のビデオ……あの白い女の亡霊だけは、分からないんです。どんなに考えても、あの場所に女の霊が映り込むなんて考えられない。あの霊だけは、今でも本当に幽霊じゃないかって思うんです。それに……たまに夢に出てくるんですよ……あの白い女の顔」

真剣な顔で、松野が言う。普段とは違う、深刻な松野の表情を見て、零子が口を開いた。

「松野君が、幽霊の存在を信じてなかったって、意外だったな」

「信じてないっていうか……信じてはいなかったけど、存在するとは思っていました」

「どういうこと？」

「うまく言えないけど……例えば、僕がやってるような心霊番組、結構、視聴率取るんですよ。夏場とか冬場とか関係なく。これだけ科学が進んでいても、人々は幽霊の話を真剣に怖がっているんです。やっぱりみんな、心のどこかでは、霊魂の存在を信じているんでしょう。いや、信じたいと思っている。科学ではまともに取り上げられない、〝霊〟の存在を、心の片隅では信じたいと思っている。それは一体、何故だと思いますか？」

松野は熱く語っている。零子は答えず、彼の話に耳を傾けていた。

「人はいつか、誰でも死ぬからです。死は誰にでも訪れる。そして、最新の科学を以てしても、〝死〟は回避することが出来ないし、死後の世界を解明することも出来ない。だから、人は〝幽霊〟や、〝心霊現象〟を恐れながらも、それに惹きつけられるんだと思います」

死後の世界を、科学的に証明しようとしたスミス・ブランドン。

今の松野の言葉を聞くと、ブランドンの研究がそんなに荒唐無稽なものとは思えなかった。〝死〟は誰にでも訪れる。そして、〝死〟は絶対に回避することは出来ない。自分の死後の世界を知ることさえも……。

——人は〝死後の世界〟を畏怖する。そして〝死後の世界〟に焦がれる——

零子の脳裏に、本宮の顔が浮かび上がった。

「先輩と見たあの女の霊のビデオが撮影された場所……何処だと思います」

「確か、東北地方のトンネルって言ってたっけ？」

東北地方という言葉を発して、思わず零子は息をのんだ。

「まさか？」

「そうなんです。あのビデオが撮影された場所。そして、運転していた一家が事故死したトンネルは、Ｓ森から一キロも離れていない所だったんです」

アクセルを踏みしめ、零子は車を加速させる。大粒の雨が、更に勢いを増して、フロントガラスに叩きつけられた。

時間は、午前三時を回っている。昨日から一睡もしていなかった。だが、眠気は全くない。零子の心の中は〝悲しみ〟と〝懺悔〟の気持ちで一杯だった。

そぼ降る雨を見つめながら……零子は、松野と浴びるように飲んだ、あの夜のことを思い出していた。


かなり酔っていたのか、その日の夜の松野は饒舌に語り始めた。二人は、普段はあまり話さないようなプライベートな話題を話した。仕事のこと。趣味の話。そして、〝恋愛〟のこと。その時、零子は、今まで知らなかった松野の内面を深く知ったような気がした。

「そういえば、昔、こうやって遅くまで話しましたね」

「そうね、懐かしいわね、っていってもそんな昔じゃないでしょ」

「もう、四、五年前ですよ」

「まだ四、五年じゃない」

「そんなこと言っていいんですか？　先輩、もう三十二なんですよ」

「言われなくても、知ってますよ」

「先輩、彼氏の一人ぐらい、いないんですか？」

「残念ながら、今は仕事が〝彼氏〟かな？　松野君は？」

「いませんね」

松野は、酔っているのか真っ赤な顔で答えた。

「五人しか」

二人は笑い合った。零子にとって、久しぶりに心許せる空間だった。

それから、二人は浴びるほど、酒を飲んだ。そして、夜遅くまで語り合った。

店を出たら、もう夜が明けようとしていた。

会社に泊まるという松野が、零子を見送った。タクシーを停めて乗り込もうとした時、松野と目が合った。どこか寂しげな目をしていると思った。

彼の心のなかの孤独は、自分と同じ種類のものなのかもしれない。その時、零子はそう感じていた。


それから二日後、松野が交通事故で死んだ——

深夜、スタジオ収録を終えて帰宅する途中の出来事だった。

車の通りがほとんどない海岸沿いの道で、松野が運転していた自家用のＳＵＶ車が、対向車線を走っていた大型トレーラーに猛スピードで突っ込んだというのだ。車は大破し、松野は即死だった。

松野が事故死した場所は、会社の近くでもなく、自宅マンションとも離れた場所である。一体なぜ、彼の車がそんな場所を走っていたのかは不明であり、松野がトレーラーに突っ込んだ時の車のスピードも、一般道にもかかわらず一五〇キロを超えていたらしい。一命を取り留めたトレーラーの運転手の証言によると、松野の行動はまるで〝自殺行為〟だったという。

松野の遺体からアルコールは検出されず、警察は居眠り運転の可能性と〝自殺〟の二つの可能性を考えていた。

零子は、会社の同僚から松野の訃報を知らされた。信じられなかった。すぐに警察に駆けつけ、変わり果てた松野の遺体と対面する。

松野の蒼白の死に顔――

事故による損傷はほとんど目立たず、生前の少し生意気な面影が残されていた。こみ上げる哀しみ。やるせない、怒り。そして、いやな胸騒ぎ――

なぜ松野は〝死〟んだのか？

まさか――

大破した事故車の中から、携帯電話だけは無傷のまま残されていた。零子は遺族の許可を得て、携帯電話の着信履歴を調べさせてもらった。ここ最近、彼が送受信していたメールは、仕事がらみのものがほとんどである。だがそれ以外に、ここ一週間で頻繁に受信していたメールを見つけ、零子は息をのんだ。

《ｎｏ ｓｕｂｊｅｃｔ（題名なし）》

それらのメールは、楓の時と同じく、題名や送信元のアドレスが明記されていなかった。松野は死亡事故が起こる三十分ほど前にも、そのメールを受信している。零子は、松野が死の間際に受信した、そのメールを開いてみた。

〝４９９４５６８２６９７９１０２９４１２８０〟

楓に送信されてきたものと同じ、数字が羅列されたものだ。松野の携帯電話にも、あの忌まわしいメールが送信されていたのだ。さらにそのメールには、画像が添付されている。恐る恐る零子はその画像を開いてみた。

まだらな暗闇。その暗闇に浮かぶ白いもや。

その画像は、松野自身が見つけた〝エーテル〟を撮影した写真とほぼ同じだった。

松野は、自分に死が訪れることを予期していたのだ。

人間を〝自殺〟に追いやる、死のメール。ショットバーで話したあの夜、松野は自分の運命を知り、苦しんでいたのかもしれない。

改めて、松野の携帯電話を見る。そして零子は、奇妙な事実に気がついた。白いもやの形状が、楓に送られてきたものと微妙に違っているような気がするのだ。

もしやと思った。

零子は、松野の携帯電話を操作して、再び、数字のメールを開く。

そこに記された、意味不明な数字の羅列……。

〝４９９４５６８２６９７９１０２９４１２８０〟

楓のメールに送信された数字の羅列は、

〝４９９４５６８２４５０７５１２８０〟

松野に送られてきた数字も、楓のものとは違っている。これは一体どういうことなのか？

零子は、松野に教えてもらった、クラウゼン方式の暗号を思い出した。〝ＧＨＯＳＴ〟を鍵語（かぎご）にした暗号表に、松野に送信された数字の羅列〝４９９４５６８２６９７９１０２９４１２８０〟を当てはめてみる。

G	H	O	S	T
80	85	3	4	5
A	B	C	D	E
0	86	89	94	6
F	I	J	K	L
81	1	90	95	98
M	N	P	Q	R
82	2	91	96	7
U	V	W	X	Y
83	87	92	97	99
Z	・	／		
84	88	93		

4はS、99はY、4はS、5はT、6はE、82はM――

ここまでは、楓に送られてきたものと同じだ。次からは、数字が異なっている。

6はE、97はX、91はP、0はA、2はN、94はD、1はI、2はN、80はG。

文字を並べると――

SYSTEM

EXPANDING

《SYSTEM EXPANDING》

（システムは拡大している）

零子は愕然とする。

当初、事件は古宇田市近郊だけで起こっていた。だが松野は、古宇田市から遠く離れた、東京都内の道路で死亡している。〝システム〟は古宇田市から、広がり始めているのだ。

拡張し始めた〝システム〟。もっと多くの人が死ぬ——

〝S森〟に行こう。そこに行けば、何か、手がかりが見つかるかもしれない。そして、もしそこに禁断の装置が存在するとしたなら、それを破壊しなければ……。

松野の葬儀を終えた日から、零子は休暇を取った。そしてその夜に、レンタカーを借りて、〝S森〟に向かったのだ。


インターチェンジを下りると、雨は小降りになっていた。

まだ夜明けには時間がある。山間部の国道。零子のレンタカー以外、車は一台も走っていない。フロントガラスに広がる暗闇を、彼女は決意を込めた目でじっと見つめた。

地図上では、インターチェンジからS森まではおよそ一〇〇キロの距離である。飛ばせば二時間ほどで着く距離ではあるが、途中には山道や蛇行した道路が多く、実際は何時間かかるか分からない。何とか午前中には到着したい。

〝S森〟目指して、車のアクセルを踏み込む。加速するエンジン音。流れる車窓の雨粒。零子が運転するレンタカーの進行方向は、まだ夜の暗闇が支配していた。

『死者との交信の記録』4

一九九四年、スペインの心理学者アルフォンソ・ガレアノは、映像によって、現世と死後の世界を繋（つな）ぐ実験を繰り返していた。アルフォンソが開発したのは、コンピューターをビデオとテレビにつないで、霊界と通信する独自のシステムだった。

しかし、その時、アルフォンソは行き詰まっていた。何度やっても、実験の結果は芳しいものではなかったからだ。

その日、失敗したらアルフォンソは実験をやめるつもりだった。

すでに彼は、同じ実験を三ヶ月以上、何百回にもわたって繰り返していた。ビデオに撮影するのは、十秒程度。彼のビデオは、一秒二十五フレームだったので、十秒と言っても、二百五十枚もの画像が一度に撮影される。アルフォンソは、撮影が終わると、一コマずつ、その二百五十枚の画像をチェックする。時折、顔のようなものが映ることはあった。しかしそれは不鮮明で、納得のいくものではなかった。

その日も、アルフォンソはあきらめ半分で、ビデオで撮影した画像をチェックした。やはり、霊現象と思しきものは映っていなかった。ビデオのコマが、終盤にさしかかる。あきらめかけたその時、アルフォンソは思わず目を見張った。

画像には、あるはずのない人の顔が映っていたのだ。ざらざらとしたビデオ画面に、鮮明に浮かび上がった二つの目、眉、鼻、口。それは、アルフォンソが見たこともない人間だったという。実験は成功したのだ。

五年後の一九九九年。アルフォンソは、広場で公開実験を行った。

百人近い観客の目の前で、アルフォンソは、テレビに〝霊〟を映すことに成功する。

実験を見守っていた観衆は、目前で起こった奇跡に、目を見張っていたという。

■システム14　遭遇

雨は、いつの間にか止んでいた。

ワイパーのスイッチをオフにする。

フロントガラス越しに見える、山道の道路も青くなってゆき、夜明けが近いことを示している。

零子は、峠の曲がりくねった道路を慎重に運転していた。この山を越えれば、S森があるO山脈の麓(ふもと)にある市街地に出るはずだった。

午前五時二十分。ようやく空が明るくなり、零子の眼前に朝の景色が姿を現し始めた。暗黒の中に潜んでいた緑の木々も、本来のその色を取り戻している。

ハンドルを握りながら、運転中に死んだ松野のことを考えた。一体、死の瞬間に何が起こったのだろうか？　彼は、自分の死をどういう風に迎えたのだろうか？　逃れられない運命と知りながら、松野はその死を、いかに享受したのか？

しばらく山沿いの道路を走ると、零子の運転するレンタカーは、大きな国道に差し掛かった。数台のトラックや軽自動車が行き交っている、片側三車線の国道である。零子は、地図通りにその道を右折する。しばらく走ると市街地を示す標識が出た。零子は、方向が間違ってないことを知り、更に車を走らせた。

二十分ほど走ると、車は市街地に入った。まだ朝早いためかほとんど商店は開いておらず、街は閑散としている。国道沿いにあったコンビニエンスストアーに入り、簡単な食料品や、携帯用の懐中電灯の電池や、カメラのフィルムなどを購入する。

車に戻って時間を確認した。車内のデジタル時計は、午前六時四十分を示している。役場が開くのは午前八時三十分である。S森に行く前に、幾つか調べておきたいことがあった。

零子は、車を市街地の中心部にある、役場近くの道路の路肩に車を停めた。役場が開くまで、一時間以上はあった。車の中で少し、仮眠を取ることにする。あまり眠くなかった。しかし、S森に潜入してからは、何が起こるか予想がつかなかった。運転席の背もたれを倒して、シートに身を横たえる。

ほとんど眠れぬまま、零子は役場に向かった。

役場は、改装工事のため本庁舎は、工事用のシートで覆われ、立ち入り禁止の札が掲げられていた。工事中の本庁舎の前に掲げてある看板の指示に従い、裏手にあるプレハブの仮庁舎を訪れた。

午前八時三十五分――

プレハブの仮庁舎は、意外と人で混み合っていた。

零子は、総務課のカウンターへ行き、黒縁眼鏡をかけた、細面の中年の男性職員に声をかけた。

「すいません、ちょっとお聞きしたいんですけど……」

その男性職員に、S森の内部の正確な地図があるか尋ねた。しかし、人が入ることが少ない森のため、内部は細かい住所区分がされておらず、詳しい地図は存在しないという。

さらに零子は、S森の伝説についても尋ねた。応対した男性職員によると、〝S森〟の神隠し伝説は、確かに存在するという。地元の人間でも、滅多に〝S森〟の中に入るものはいないらしい。

ただ、役場にあった町史には、明治の中頃までは、S森の一部に集落が存在していたという記述があった。その痕跡（こんせき）として、S森の入口近くには、集落にあった神社の遺跡が残されているという。役場にある区分地図にも、S森の入口と、森の内部にある神社の遺跡の位置だけは記されていた。

区分地図のコピーを受け取り、礼を言って役場を出た。

零子は再び、車を走らせた。

S森の方向を目指して市街地の道路を走らせると、視界の先には、巨大な山並みが幾重にも連なる景色が飛び込んできた。あれがO山脈なのだろう。山頂にはまだ雪が残り、どこか荘厳な感じがする。ゆっくりと移動する不気味な雲が、山脈一帯に垂れ込めていた。

ハンドルを握りしめながら、そびえ立つO山脈の山並みをじっと見つめた。あの中にS森がある。零子の運転するレンタカーは、眼前にそびえ立つO山脈に向かって行った。

市街地を抜けて、零子は北へと走った。車が進むにつれて、徐々に商店や民家などが消え、道路は人里離れた山道に変わってゆく。O山脈の中に入ったことを実感する。地図によると、S森まであと四十キロほどだ。

あたりの景色は、どんどん変化していった。鬱蒼と茂る木々は、見る見る内に険しくなってゆく。通行する車の量も減り、急激にあたりは冷え込んできた。かなり高度が高い場所まで来ているようだ。

しばらく山道を走り続ける。視界の先にトンネルが見えてきた。後続車両が来てないことを確認すると、車のスピードを少し落とし、そのトンネルを観察する。

フロントガラス越しに見えるそのトンネルは、異様な存在感を放っていた。赤い照明のトンネルだった。赤い口をぱっくり開けて、走ってくる車を待ち受けているようだ、零子は身がすくむ思いがした。

そのトンネルは、松野が持っていたあの心霊ビデオが撮影された場所だった。間近に迫ってくるトンネル。零子の脳裏に、ビデオに映った女の顔が蘇る。

ウインドウガラスに浮かぶ、能面のように白い顔。血のような赤い唇。ゆっくりと動く目。運転手を睨みつけるような、怨念が込められた……。

背筋に悪寒が走った。視界には、赤いトンネルの入口が近づいてくる。零子は意を決して、アクセルを踏んだ。レンタカーは、トンネルに吸い込まれた。

トンネルの内部を走行する。黒灰色のコンクリートに照らされた、鈍く赤い照明。まるで、人の臓器の中を走行しているかのようだ。ビデオに映っていた家族四人が、この場所で命を落としたことを考えると、気が滅入った。

車のスピードを上げる。早くこのトンネルを抜け出したかった。しかし、いつまで経っても、出口の光は見えてこない。このまま、この赤い光の世界に囚われたまま、自分が何処か違う世界へ連れて行かれるかのような、そんな錯覚に零子はとらわれる。

だが、そんな幻想もすぐに潰えた。しばらくすると、遠くに光が見え、トンネルの出口が姿を現す。ほっと胸をなで下ろすと、さらにアクセルを踏み込んだ。このトンネルを出ると、S森まで一キロもなかった。

トンネルを抜けると、辺りは一層険しくなっていた。峠の道に差し掛かった。道は急激に蛇行し始める。山道の運転に慣れていない零子は、慎重にハンドルを捌（さば）いた。脳裏に、運転中に死んだ松野のことが浮かび上がる。だが自分はまだ死ぬ訳にはいかない。零子はそう思った。

しばらく走ると、蛇行していた道路は、平坦（へいたん）な道となった。深緑の森が、零子の目に飛び込んでくる。道路の両側に、険しく立ち並ぶ木立。零子が運転するレンタカーは、深緑の中を進んでゆく。地図によるともうすぐ、S森の入口に着くはずだった。零子は、前方を注意しながら運転する。


午前十時を回っていた。

S森は目前だった。

零子は、後続車両が来てないことを確認して、車のスピードを減速させる。前方の風景を注意深く、目を凝らして見た。

太陽は背の高い樹木に遮断され、辺りは薄暗くなってきた。

そして、道路沿いの森の中に、人一人が入れる位の小さな空間を発見する。

（ここだ）

零子は、咄嗟にブレーキを踏んだ。そして、すぐ脇の路肩が広くなっているスペースに車を停車させた。

エンジンを止めて、零子は再び地図を見た。この場所に間違いなかった。車の後部座席に置いてあるリュックを手に取り、防水加工が施してあるジャンパーに袖を通した。車を降りて、道路を歩く。

S森の入口にたどり着いた。辺りには、背の高い植物や雑草が鬱蒼と生い茂っている。それは、ここ最近、この山道に足を踏み入れたものがいないことを示していた。森の入口に立ち止まり、奥の様子を覗き込んだ。だが雑草に阻まれ、よく分からない。

リュックの中からデジタルのムービーカメラを取り出して、電源を入れる。そのカメラは零子が去年購入したもので、記録用に持ち歩いているものだった。

カメラの録画ボタンを押す。S森の入口に立って、周辺の道路と森林の風景を撮影した。

一通り撮影が終わると、ポケットから携帯電話を取り出す。液晶画面には《圏外》のマークが表示されていた。役場で聞いたS森に関する伝説が頭をかすめる。小さくため息をつくと、携帯電話をポケットにしまった。

《この森に入った者は、二度と出ることは出来ない》

単なる言い伝えに過ぎないことは分かっていた。同じような伝説は、日本のあらゆる地域で存在している。しかし、伝説と現実は表裏一体であることも事実である。《この森に入った者は、二度と出ることは出来ない》という言い伝えが残るほど、森の内部は険しく、複雑に入り組んでいるのだろう。道に迷うと、脱出することは不可能なほど、険しい森なのだ。零子は覚悟して、禁忌の森に足を踏み入れた。

木の枝から落ちてきた滴が、零子の肩に落ちて弾けた。今朝方まで降っていた豪雨のせいで、森の木々は雨露に濡れている。道もぬかるんで歩きづらい。雑草をかき分け、零子は山道を進んでゆく。

この山道の奥に神社の遺跡があるはずだった。地図によると、神社までは、一本の道になっている。道はそこで途切れていた。まずは、神社まで行ってみよう。そこまで行けば、何か分かるかもしれない。

零子は、黙々と山道を歩き続けた。

森全体は風もなく静かである。時折、鳥の囀りが響き渡り、ひんやりとした空気が、零子の肌に触れた。雨上がりの穏やかな森に風景。しかし、この山道を歩き出してから零子は、この森が普通の森とは違う、言葉では言い表せない〝違和感〟を覚えていた。

それが何なのか、分からなかった。やはり自分は、とんでもない場所に足を踏み入れたのかもしれない。そう思うと、身体が震えた。

天気が変わり始める。空に広がってきた雲が太陽を遮り、森全体は暗くなってきた。ふと見ると、霧が辺り一面に漂っている。楓や松野の携帯電話に送信されてきた〝エーテル体〟の画像を思い出させた。頭上を漂う、白い霧に手をかざしてみる。霧は零子の手をすり抜けていった。

零子は時折、山道の風景を撮影しながら進んだ。何らかの手がかりが得られた場合、記録を残しておきたかったからだ。ビデオカメラのモニターは、森の風景を淡々と映し出している。

事件取材や危険な現場に赴く場合、零子は必ずこのカメラを持参した。カメラを撮影しながら現場にいると、どんな危険な場所にいても怖くなかった。ビルの屋上から風景を撮影する時など、カメラのファインダー越しに景色を覗くと、怖くなくなるのと同じ理屈なのだろう。

もちろん零子の心の中に〝恐れ〟は存在した。S森に入ると生きて帰れないという伝説。数々の心霊現象。不気味な暗号メールと連鎖自殺の符合。そして現実に起こった。楓や松野の死……。

しかし、今は〝恐れ〟よりも強い何かが、彼女を突き動かしていた。松野や楓の死の真相を解き明かすためにここまで来た。それは結局、松野が言うように、何かに

〝導かれた〟のかもしれなかった。でも、それでもよかった。真実が知りたかった。そして、〝システム〟に遭遇しなければならなかった。

山道を歩いて、四十分ほどが経過していた。道は次第に細くなって行き、森の様相もより一層険しくなってきた。風が出始めたのか、木々の葉が揺れて、不気味なメロディを醸し出している。

しばらく歩くと、道の行き止まりが見えてきた。視線の先、立ち並ぶ木々の奥に、石で出来た何かがある。近くまで寄ってみると、それは古ぼけた鳥居であることが分かった。石で出来た鳥居。いつ頃建てられたものなのだろうか。劣化し黒ずんだ石は、所々砕けており、柱には雑草が幾重にもからみついていた。この朽ち果てた鳥居が、神社の遺跡なのだろうか？　遺跡というより、残骸といった方が似つかわしかった。

零子は、鳥居の前で一礼すると、ビデオカメラの録画ボタンを押した。レンズを鳥居に向けて、ゆっくりと近づいてゆく。

鳥がけたたましく鳴きわめいた。あたりを見渡しながらその鳥居をくぐり、雑草に覆われた山道を進んでゆく。そして数十メートル歩くと、突然山道は開けた。

眼前の光景を見て、零子は思わず立ち止まった。

雑草が無造作に生えている荒れ地。その中央には、半壊状態の木造の建物があり、樹齢数千年はあろうかと思われる巨大な古木がそびえ立っている。

それは、朽ち果てた小さな神社の廃墟だった。本殿部分と思われる建物の屋根は、完全に腐り落ちていた。神社としての痕跡は、わずかに残されており、雑草の陰に、賽銭箱らしき形状のものが転がっている。その脇にある社務所らしき建物の廃墟。その廃墟の壁は所々大きな穴が開いており、内部が剝き出しになっていた。

この場所が、役場で教えてもらった、S森の神社の遺跡なのだろう。しかし、その惨状は遺跡というには、あまりにひどすぎた。

雑草をかき分けて、神社の廃屋に近づいてゆく。リュックから懐中電灯を取り出し、廃屋の内部の暗闇を照らす。

零子の視界に、内部の惨状が映し出される。神社の神殿として使われていた建物なのだろう。天井から落ちてきている、腐りかけた数本の梁。そこに幾重にも張り巡らされた、無数の蜘蛛の巣。

壊れた神殿の内部にカメラを向け、録画ボタンを押す。

だがその時、零子は思わず息を吞んだ。そして、持っていたカメラを地面に落としてしまう。

何かが動いたのだ。

それも、はっきりと見えた。

カメラに映ったのは人間だった。色の白い小さな女の子。赤い和服姿の五、六歳位のおかっぱ頭の少女……。

（目の錯覚だったのだろうか？）

零子はそう思い、カメラを拾い上げる。カメラは壊れていないようだ。床に落ちた後も、録画は止まらず、撮影は続いていた。

（見間違いだったのだろうか？　壁にかけてある絵のようなものが、人に見えたのだろうか？）

冷静になってそう考えた。もしかしたら、ビデオを見たら分かるかもしれない。もし本当にあの少女がいたのなら、カメラに録画されているはずだ。そう思い、零子は録画を停止する。テープを巻き戻そうとして、手を止めた。

背後に気配がする。

後ろを振り返り、零子の全身は総毛立った。

テープを巻き戻すまでもなかった。零子のすぐ後に、さっきのおかっぱ頭の女の子が立っていたのだ。

古ぼけた赤い着物。蠟のように真っ白な肌――

手には千代紙で作った、ボロボロの人形――

そして、その少女の眼球は失われていた。本来目があるはずの場所には、二つの黒い穴が空いているだけだ。

恐怖のあまり、零子はその場から動けなかった。

そのおかっぱ頭の少女は、二つの黒い空洞を、零子の方に向ける。ゆっくりと、こっちに近寄ってきた。

思わず零子は後退る。どうしていいかわからなかった。

白い肌の少女は、零子の前で立ち止まった。血の気が失せた、紫色の唇が動き出す。

「いきましょう……」

すると、矢庭に少女の手が、零子の腕を摑んだ。全身に悪寒が走る。少女の手が、氷のように冷たかったからだ。

反射的に少女の手を振り払って、零子は走り出した。神社の遺跡を飛び出し、外へと出る。気がつくと、鳥居を出て、やって来た細い山道を走っていた。


しばらく走ると、零子は立ち止まった。息を整えて、後ろを振り返った。

誰もいなかった。

零子は自分の手を見た。さっきの女の子に触れられたときの感触が今も残っている。とても生きている人間の手触りとは思えなかった。

——いきましょう——

そう言った彼女の言葉が、耳にこびりついて離れない。

あの女の子の正体は、一体何だったんだろう？〝システム〟と何か関係があるのだろうか？

辺りを見渡す。鬱蒼とした樹木が生い茂る不気味な森。周囲を漂う霧は、より一層濃くなっている。森を入ってきた時から感じている、誰かに見られているような〝嫌な感覚〟もさらに強くなっていた。

（やはり、この森は何かおかしい）

再び、零子は神社に戻ることにした。〝システム〟と何か関係しているかもしれない。そう思ったからだ。

再び、石の鳥居をくぐり、神社の敷地に足を踏み入れる。恐る恐る、朽ち果てた神殿の中に、足を踏み入れた。辺りを慎重に見渡す。どこにも、あのおかっぱ頭の女の子の姿はなかった。

いつ、またあの少女が姿を見せるかもしれない……。注意深く、神殿の廃屋の中を進んでゆく。

誰もいないようだ。しばらく様子を窺うと、神殿の廃屋の外に出た。建物の脇にそびえ立つ、巨大な古木を見上げる。ぼろぼろに朽ち果てた神殿とは対照的に、その木は生命力を誇示していた。

数十メートルはあろうかと思われる古木。この神社の神木だったのだろう。直径二メール以上はありそうな木の幹に、風化しかかっているしめ縄が括り付けられていた。零子はその古木を見つめた。荘厳な霊気が漂ってきている。巨大な古木をじっと見ていると、零子はある事実に気がついた。

群生する木々や雑草などに阻まれて、分からなかった。古木の裏に、人一人が通れるくらいの山道の入口があるのだ。

役場で貰った地図では、山道はこの神社の遺跡で終わっていた。しかし古木の裏手に、さらに森の奥へと繋がる道が存在していたのだ。零子は、古木の裏に回り込むと、その山道に足を踏み入れた。


生い茂る原生林の中を、零子は歩いて行った。

相変わらず、周囲にはどんよりとした白い霧が立ち込めている。腕時計を見て時間を確かめた。時間は午後一時前を示している。今日の日没は午後六時三十分くらいだ。あと二時間ぐらいはこの森を探索することが出来る。疲労の状況などを考えても日没まで三時間くらいあれば、来た道を戻れるはずだった。

リュックから、持ってきたコンパスを取り出した。今自分が歩いているのは、北西の方角らしい。コンパスをリュックに入れると、再び零子は歩き出した。

零子は、自分の携帯電話に送信されてきた、画像メールのことを思い出す。あの写真はこの森で撮影されたものだ。写真の中に、死んだはずの津田楓がいた。一体それは、どういうことなのだろう？　彼女はまだ生きていると言うことなのか？　いや、そんなはずはない。楓の身体は、既に荼毘に付されている。

零子の脳裏に、先ほどの廃屋で遭遇した、おかっぱ頭の少女の姿が浮かび上がる。氷のように冷たい手。蠟のように白い肌と紫色の唇。眼球が失われた顔。

《SYSTEM　STARTING》
《SYSTEM　EXPANDING》

〝システム〟とは一体何なのか。

北西の方向にひたすら歩き続けた。道は続く限りの一本道ではあるが、奥に進むに従い、道はどんどん険しくなってくる。まっすぐに伸びている樹木は見当たらなくなった。零子の周囲には、原生林の密林がずっと続いている。

歩いていると、鳥の鳴き声や樹木の葉が揺れる音に混じって、時折、妙な物音が聞こえてきた。人が何かを囁いているような声だ。一人ではない。多くの人間が、同時に何か話している。気になって立ち止まると、その話し声は消えた。幻聴なのだろうか？　誰か大勢に取り囲まれているような〝嫌な感覚〟が、零子をとらえて離さなかった。

辺りを見渡しても、誰もいないはずなのだが、一人だけのような気がしない。誰かに後から見られているような、不気味な違和感も、ずっと続いている。

零子はさらに、深い森の奥へと進んでいった。

だが、延々と森は続くばかり……どんなに歩いても、〝システム〟の手がかりらしきものはない。歩いてきた山道も、もう道とは言えないほど険しくなっている。

零子は歩き疲れて、その場に立ち止まった。腕時計を見ると、午後三時を少し回っている。

（これ以上先に進むのは危険かもしれない……）

そう思い、零子はその場で立ち止まった。

木陰を見つけ、座り込んだ。リュックからミネラルウォーターを取り出し、喉の渇きを癒やす。空を見上げると、木の葉の隙間から、僅かに曇り空が覗いていた。

一体この森は何なのだろう。

廃墟と化した神社。眼球を失ったおかっぱ頭の少女。大勢の人間のざわめく声。しかし、〝システム〟の存在を示す手がかりには、未だ遭遇できていない。

零子は、リュックの中のビデオカメラを取り出した。唯一の証拠といえば、神社で目撃したあの少女だった。もしかしたら、映っているかもしれない。カメラを操作して、テープを巻き戻す。再生ボタンを押した。

ビデオカメラの液晶画面——
朽ち果てた神社の本殿。
突然、零子の悲鳴とともに画面は乱れて、一瞬の内に神社の境内に叩きつけられる。
それからしばらく、画面は地面の土と雑草を映し出す。
零子は、テープを巻き戻し、再び同じ箇所を、スローモーションで再生した。

廃墟の中の暗闇。
ゆっくりと動く影。
赤い和服姿の女の子——
眼窩から目が失われた、おかっぱ頭の少女。
カメラは、天井から落ちてきている梁の陰に走り去る、少女の姿を確実に捉えていた。

（見間違いじゃなかった。やはり、あの女の子は本当にいた……）

そう思い、零子はカメラの停止ボタンを押そうとする。だが、零子の手は止まった。

思わず、画面を覗き込む。


スローモーションのまま、再生を続けている映像。

カメラが、境内に落ちる瞬間、本殿の脇の暗闇に佇む〝彼ら〟の影……。

無数の蒼白の人間たち……。暗闇から零子を見つめる蒼い目、目、目。

ゆらゆらと揺れる、無数の人間の蒼白いシルエット。


思わず息をのんだ。見てはいけないものを見てしまった。すぐに再生を止めると、零子はカメラをリュックに入れた。そしておもむろに立ち上がると、来た道の方向に歩き出した。

もうこれ以上の探索は危険かもしれない。明日、日が昇るのと同時に、また森に入ろう。そう思い、零子は帰路についた。

歩いていても、ビデオに映っていた人々の姿が、頭に焼き付いて離れなかった。目をギラギラと輝かし、零子を見る異形の者たち。無数の人間の蒼白いシルエット。思い出すだけでも、おぞましかった。

（やはりこの森にいるのは、自分一人ではなかったのだ）

この森に入ってから感じていた〝違和感〟の正体。無数の人間に見られている不気味な感覚。それは、地獄の亡者たちの視線なのかもしれなかった。


午後五時すぎ——

帰路についてからもう、二時間以上が経過していた。

だがいつまで経っても、あの神社の廃墟は見えてこなかった。疲労により、歩くスピードが落ちているのだろうか。だが、そんなにペースが遅くなっているとは思えなかった。どちらかというと、来た時よりも、速く歩いているはずだ。

何処かで、道を間違えたのだろうか？　いや、一本道だから迷うはずはなかった。コンパスで確かめても、零子の進んでいる方向は、帰路の方角である南東を示している。このまま歩き続ければ、あの神社の廃墟にたどり着くはずだ。そしてその先には、森の出口がある。そう思い、零子は歩き続けた。

しかし、その後も出口にたどり着くことはなかった。どんどん道は険しくなってきて、辺りも薄暗くなってきた。日没が迫っている。早く、森を出なければならない。零子は歩き続けた。

午後六時になった。

（あと少しで、日が暮れる）

零子は、焦燥感に駆られていた。

（完全に迷ってしまった）

脳裏に、S森の伝説が浮かびあがった。

（入った者は二度と、その森から出ることは出来ない……）

やがて、森の中は夜の闇が広がってきた。鬱蒼とした原生林の森の中を、零子は彷徨っていた。このまま歩き続けていても、この森から抜け出ることが不可能なのは明白だった。

疲労と困憊で、零子はその場に立ち止まった。もう歩くことが出来ない。思わず、その場に座り込んだ。

疲労は極限に達している。零子の目には、ぼんやりと森の風景が霞んで見えた。薄暮の中に浮かぶ深く険しい森。それはまるで幻のようだと思った。

禁忌の森——

（この森の中で、私は死ぬのかもしれない）

朦朧とした意識の中で、ふとそう思った。

──人は〝死後の世界〟を畏怖する。そして〝死後の世界〟に焦がれる──


本宮の言葉が蘇る。その言葉の意味を、零子は噛みしめた。

彼が畏怖し、憧れたという〝死〟の世界。

一体何故、彼は殺人を繰り返していたのだろうか？　結局、その理由は誰にも分からなかった。零子さえも……。〝死〟という存在は、彼にとってどういう意味を持っていたのだろうか、そして〝死〟を前にして、彼は何を考え、何を求めたのか？

深遠な森の中で、零子はそのことを考えていた。

虚ろな目で、遠くを眺めていた……。

だがその時だった。

零子はある事実に気がつき、息をのむ。視線の先の風景。それは、どこかで見たことのある景色だったからだ。

暮れかけた蒼い森。その奥に誰かが立っていた。

鬱蒼と茂った森の中──一人佇む少女。

長い髪。整った顔立ち。全体が赤く血にまみれたスウェット。

楓──

思わず、零子は立ち上がった。幻かもしれなかった。しかし眼前の景色は、零子の携帯メールに届いた画像と、酷似していたのだ。

気がつくと、零子の足は楓がいる場所に向かっていた。寂しそうな顔で、零子を見つめる楓。生い茂る木々をかき分けて、零子は楓に近寄ってゆく。楓のいた場所まで、たどり着いた零子。だが、そこには彼女の姿はなかった。思わず周囲を見渡す、しかし、彼女の姿はどこにもない。楓の姿は、零子の視界から消え失せてしまった。

幻想――

自分は、幻を見たのだろうか？　確かに、目の前に死んだはずの楓がいた。しかも、その光景は、携帯電話に届いた画像と全く同じだったのだ。これは一体、どういうことなのだろうか。

零子は、その場に立ちすくんだ。心を落ち着かせる。

冷静になって考えてみた。やはり、あれは幻覚だったのだろう。楓は死んだのだ。

そう思い、零子は前方に視線を向けた……。そして愕然とする。

激しい疲労と焦燥感が見せた、幻影に違いなかった。

木々の間から見える丘の斜面。

その斜面に佇む、異様な風景。

そこには、巨大な灰色の廃墟が、その無骨な姿を現していた。

（一体、何故こんな森の奥に廃墟が……）

零子は呆然(ぼうぜん)とする。そして、薄暮の森の中に佇む、異様な廃墟を見つめた。

その時、眼前に立ちすくむ巨大な廃墟が幻覚なのかどうか、彼女には分からなかった。

■システム15　廃墟

茫洋（ぼうよう）とした蒼（あお）い闇の中に、その巨大な灰色の廃墟は佇んでいた。

まるで吸い込まれるかのように、零子は原生林の木々をかき分けて、その廃墟の方へと向かってゆく。

腐食した灰褐色のコンクリートに覆われた、三階建ての建物。外壁には、至る所に穴が開き、内部が剥（む）き出しになっていた。無数の気味悪い植物が、その廃墟の外壁に絡みついている。もうすぐ、この森を覆い尽くそうとしていた蒼い闇により、目の前の廃墟がより一層不気味なものに見えた。

丘の斜面を登って、廃墟に接近してゆく。零子とその建物の間には、彼女の背丈よりも高い雑草が密生していた。近づくのは容易ではないようだ。日が完全に落ちる前に、その廃墟にたどり着きたかった。力を振り絞って、行く手を阻む雑草をかき分ける。

やっと、その建物の入口まで、数メートルというところまでやって来た。玄関部分は、赤サビ色に変色したシャッターが、半開きのままになっている。でも、それ以上近づくのは難しそうだった。入口の前は一面に、植物が群生しており、とても人が通れるような状態ではなかった。

周囲はすっかり暗くなっていた。リュックの中から、懐中電灯を取り出す。目の前の巨大な廃墟に向かい、懐中電灯を向けた。

他に入口はないか、丘の斜面を登りながら、廃墟の周囲を探して歩くことにした。零子は、懐中電灯の光を頼りに、雑草の中を進んでゆく。

建物の裏側に回る。そこには、半壊状態の通用口があった。通用口の周囲にも、雑草が生えていたが、表玄関ほどではない。これなら、近くまで行くことが出来るかもしれない。零子は、植物をかき分けて、何とか通用口の前までたどり着くことが出来た。

懐中電灯を、通用口に向かって照らしてみる。通用口のドアは、蝶番が外れていて、半開きのままだ。黒く変色したドアノブに手をかける。ドアノブはひんやりとして冷たかった。錆び付いて動かないかもしれない。零子は手に力を込めて、ドアノブを押した。金属がこすれる嫌な音がして、通用口のドアが開いた。

廃墟の暗闇の中に懐中電灯を向ける。廃墟の内部は、かなり荒んだ様子だった。部屋の壁は、ほとんど崩れ落ちている。破壊された壁の穴からは、外から侵入した植物が群生していた。零子は、吐きそうになりながらも、建物の中を進んでゆく。

懐中電灯の光に照らされた廃墟の内部――

窓ガラスはほとんどが割れて、床に破片が散乱している。白い壁もほとんどの部分が黒く煤けており、焼け焦げていた。

(火災があったのだろうか?)

よく廃墟にありがちな、イタズラ書きなどの類は一切なかった。こんな森の奥にあるのだ。遊び半分で来られる場所ではないからだろう。

一体、この建物は何なのか? 何か病院か大学の施設のようにも見える。だが、何故こんな森の奥に建てられたのか? 〝システム〟と何か関係があるのか?

さらに奥へと進んでゆく。足下のスニーカーから、ジャリジャリとガラス片を踏みしめる感覚が伝わってくる。長い廊下にさしかかった。廊下沿いに、多くの部屋が並んでいる。部屋の扉はほとんどが外されていて、内部が丸見えだ。部屋の中に懐中電灯を向けてみる。部屋の壁は黒く煤けていた。中にあったパソコンなどの機器やデスクなども、焼け焦げている。

その時である。突然、廃墟全体が振動した。最初はそれが地震なのかと思った。しかし、それから、「ぶ～ん」という機械音が、廊下の奥から聞こえてきた。とっさに、音がする方に懐中電灯を向けた。廊下の奥までは、充分に光は届かない。

この廃墟では、何かが起こっている。零子は身構えた。辺りの空気が、徐々に変質するような奇妙な感覚がする。それは森の中で感じた、あの〝違和感〟と同種のものだった。

（誰かいる？）

背後に何者かの気配を感じる。

零子の全身を、不快な〝違和感〟が支配する。恐る恐る後ろを振り返った。

そこには、誰もいない。

だが、視線の先の空間には、何か霧状のものがゆらゆらと漂っていた。

白いもや……。

零子は緊張して、その白いもやをじっと見つめている。やがてそれは、クラゲのように緩やかに漂いながら、空中にある一つの形を作っていった。零子の脳裏には、自殺者の携帯電話に送信されてきた、〝エーテル〟の画像が浮かび上がった。思わず息をのむ。

まずは頭が出来た。そして手が出来、足が出来る。まるで彫刻作品の制作過程を、倍速で見ているようだ。みるみるうちに、白いもやは〝人の形〟に変貌（へんぼう）を遂げてゆく。

零子の足はすくんでいた。白いもやが作り出した、蒼白い人影。それは、神社の廃墟で遭遇した、無数の蒼白い亡者の姿に酷似していたからだ。

白いもやは変化を終えて、ある一人の〝男〟の形となって完成する。

見たこともない、痩せこけた男性。その男の姿を見て、零子は愕然とした。

その男性の頭部は、目から上の部分がなかったのだ。ちょうど脳があるはずの部分が、切り取られており、その断面からおびただしい量の血が流れている。

脳がないその男は、生気を失った目で零子を見据えた。それは生への妄執に取り憑かれた亡者の眼差しである。ゆっくりと男が動き出した。こっちに近づいてくる。

零子の奥歯が、カチカチと音を立てていた。身体中が震えていることが分かる。

一歩、二歩……後ずさりした。

そして、廊下の奥の闇に向かって走り出す。

背後に迫り来る、恐怖。

目前で、もやから形成された男。頭部からおびただしい血を流して、追いかけてくる、脳を喪失した男。

後ろを振り返ることなく、零子は走った。

無我夢中で、暗闇の中を疾走する。やがて、廊下の奥に辿り着いた。廊下は袋小路になっていて、逃げ場はなかった。息を切らして、背後を振り返る。そして驚愕した。

背後に迫り来る。おびただしい数の蒼白いシルエット。

無数の死者の群れが、零子に迫ってくる。まるで地獄の底から這い上がって来たかのように……。

懐中電灯をかざして、辺りを見渡す。照らし出される廊下の奥の空間。死者たちの群れが、すぐ側まで迫ってきている。

懐中電灯の光は、地下に続く小さな階段を照らし出した。反射的に、零子は階段に向かって駆け出す。

地下に続く暗闇の中に、身を投じる零子。足下を照らす懐中電灯。懐中電灯を照らしながら階段を降りるので、思うように足が動かない。だが、異形の群れは、もう間近に迫ってきている。

なんとか階段を降りて、地下の廊下に躍り出た。懐中電灯を進行方向に向ける。薄汚れたコンクリートの壁には、頑丈な鉄の扉が並んでいる。天井には、幾重にも機械のようなものが張り巡らされていた。

（この場所は、一体……）

だが、考えている余裕はない。零子は、目の前の闇の中を駆けだした。

懐中電灯の光だけを頼りに、閉ざされた空間を走った。暗闇の中、一直線に延びた暗い廊下が浮かび上がる。コンクリートの上を走る零子の足音が、鈍く反響している。

廊下の左右に並ぶ部屋。コンクリートの壁に埋め込まれた、堅牢（けんろう）な鉄の扉。そこは、階上の廃墟部分とは違い、明らかに異質な空間である。

振り返ることなく、零子は走り続けた。後ろを見ると、恐怖でアイデンティティが崩壊しそうだからだ。視線の先に、扉が開いた部屋が見えた。思わずその部屋に飛び込んだ。重い鉄製のドアを閉める。部屋に入る瞬間、零子の目には、後から迫ってくる無数の死者の群れが映った。

部屋の中は、かび臭い空気が充満していた。鉄の扉を背にしたまま、懐中電灯で部屋の中を照らす。四方をコンクリートで囲まれた部屋。室内には誰もおらず、家具の類も何も置かれていない。

扉の向こうには、奴らがうようよといる。一体〝彼ら〟はなんなのだろう。〝システム〟と何か関係があるのだろうか？　零子の頭には、様々な疑問が浮かび上がる。だが、「この廃墟では何かが起こっている」。そのことだけは、間違いないようだ。

懐中電灯の灯りは、薄汚れたコンクリートの壁を照らす。地下水がしみ出しているのか、所々に赤茶色の不気味なシミが浮き出ている。天井に視線を送ると、鉛色の無骨な機械のケーブルが幾重にも張り巡らされていた。

一体この部屋は、何のために作られたのか。想像がつかなかった。息を整えながら、その場に立ちすくんでいた。喉がからからに、渇いていた。リュックの中にあるペットボトルを取り出し、ミネラルウォーターを口に含む。生ぬるい水が、咽喉を潤す。

少し心が落ち着く。

扉の奥に、まだ〝彼ら〟はいるのだろうか。恐ろしくて、扉を開けることが出来ない。耳をすますと、扉の向こうからは、「ぶ〜ん」という不協和音が、聞こえてくる。

しばらくすると、エレベーターが動き出したような、機械音が響き渡った。

部屋の中に懐中電灯を向けると、部屋の片隅に何かが落ちているのが目に入った。

ベージュ色の小さな物体である。

懐中電灯を向けながら、側まで近づいてみる。それは、若い女の子が使うような肩がけの小さなバッグだった。懐中電灯を脇に抱え、そのバッグを手に取る。

何でこんな所に、女の子のバッグが落ちているのか。一体持ち主は誰なのだろう。

バッグを開けると、中には、よくある年頃の女の子の持ち物が入っていた。ハンカチ。ティッシュペーパー。筆記用具入れ、メモ帳……。零子は、そのピンク色のメモ帳を取り上げると、中を開いた。メモ帳一杯に、小さな文字で、延々と文章が書きつづられている。


……私は隔離されているのではない……私が世界を隔離しているのだ。

《隔離》とはどういうことなのだろう。この文章を書いた人物は、この部屋で隔離されていたのだろうか。

……あれから何日経ったのだろう？　私は生きているのだろうか……それとも……言葉にならない程……怖い……。

人は死んだらどうなるのか？　肉体は滅びても精神は残るのか？　それとも全ては消えてなくなりゼロになるのか？　……消えた心は、何処へ行くのか？

……生と死の理は崩壊しました……教えて下さい……世界はどうなったんですか？　私以外に、生きてる人は、いますか？

そのメモ帳に綴られていた文章には、〝生〟や〝死〟という文字が、頻繁に書かれていた。一体この〝少女〟に何があったのか？　だが、これだけではよく分からない。

メモ帳のページをめくろうとしたその時である。零子の耳に、かすかな物音が響いた。誰かが廊下を歩く足音である。どんどん近づいてくる。思わず。メモ帳を閉じる。

(誰か来る)

脳裏に浮かび上がる、迫り来る無数の死者たち。扉から離れたことを後悔する。慌てて懐中電灯を消して、メモ帳を自分のリュックに入れると、壁際に寄り添う。もう逃げ場はない。

コツ、コツ、コツ……。

コンクリートの床を叩く足音は、次第に大きくなってゆく。零子は息を潜めた。足音が間近で止まる。息をのんで、身構える零子。暗闇の中で「ぶ〜ん」という機械の音だけが小さく響いていた。

突然、まばゆい光に目が眩んだ。部屋の灯りがともされたのだ。常夜灯の黄色い光に照らされた部屋。周囲のコンクリートの壁も、天井に張り巡らされた無骨な機械のケーブルも、床に落ちているベージュの小さなバッグも、そして、壁に寄り添う零子の姿も……。

鉄がきしむ不協和音とともに、ゆっくりとその扉が開いた。零子は、覚悟してその扉が開くのをじっと見つめる。

開け放たれた部屋の扉。その陰から、誰かがゆっくりと入ってきた。

女性である。

それも、凍りつくような美しい女性――

〝彼女〟は、部屋に一歩入ると、顔色一つ変えず零子の顔を見た。まるでそこにいることを、最初から知っているかのようだ。

零子は言葉が出なかった。

無言のまま、相手を見ている二人。

まるで時間が止まったかのように、張りつめた緊張感が漂っていた。

■システム16　降霊機

猫のような瞳をしている。

〝彼女〟を見て、そう零子は思った。

その整った顔立ち。鶴のように細い首筋。黒いノースリーブのスーツから見える両腕。透き通るように白い肌。

もしかしたら、〝彼女〟は、人間ではないのかもしれない。なぜなら、均整のとれた顔立ちから、表情というものが失われていたからだ。感情のない目で、零子に視線を向けている。そう、生きた屍のように……。

零子も、緊張した顔で、〝彼女〟をずっと見ていた。

二人の間に、静寂の時間が流れている。

その均衡を破ったのは、〝彼女〟の方だった。

「安心してください。もう〝彼ら〟は消えましたから……」

「〝彼ら〟って？」

「あなたは〝彼ら〟から逃れるために、ここに逃げ込んできたんでしょう」

「では、〝彼ら〟とはさっきの……」

「そうです。〝彼ら〟は〝システム〟によって、再生された死者たちの霊なのです」

零子は思わず息をのんだ。〝彼女〟の口からシステムという言葉が飛び出したからだ。やはり、この廃墟は〝システム〟と関係していた。零子の前に立つその女性の、薄く口紅を引いた、形のいい唇が動いた。

「〝システム〟は時には呼んではいけない怨念(おんねん)の強い霊を、再生することがあります。そして、時には、その霊に取り殺されることもある。あなたは運がよかった。あなたが偶然逃げ込んできたこの部屋は、〝霊〟を遮断する特殊な加工が施されている部屋なのです。この部屋の中に入れば、霊は入って来られない。言わば、この部屋は、霊から自分の身を〝隔離〟する部屋なのです」

〝隔離〟という言葉。さっきのメモ帳に書かれた少女の文字が浮かんだ。さらに〝彼女〟は、言葉を続ける。

「あなたは〝システム〟について、調べに来たんでしょう」

「どうして、それを?」

その質問には、〝彼女〟は答えなかった。まるで時間が制止したかのように、〝彼女〟は無言のまま、零子を見ている。〝彼女〟の感情は一切読み取れない。時折見せるまばたきが、ロボットではないことの唯一の証明である。

「こちらへどうぞ……」

突然、女性の口が動いた。〝彼女〟はちらりと零子を見ると、突然歩き出した。部屋を出て行く〝彼女〟。思わず零子も、その女性の後を追った。

一直線に延びる、長い廊下——まるで、永遠に続いているかのようだ。灯り（あか）がともり、零子の視界に映し出された、廃墟（はいきょ）の地下世界。その光景に零子は圧倒された。

まるで機械のような、一定のリズムで〝彼女〟は歩いて行く。均整のとれた後ろ姿を見つめながら、零子も進んでゆく。

〝システム〟とは、一体何なのだろう？　この地下施設そのものが、〝システム〟ということなのか？　それとも、もっと別の何かなのだろうか？

多くの疑問が脳裏をよぎる。一体誰が、この地下施設を作ったのだろう。しかも、こんな奥深い森の中に……。〝彼女〟はここで、何をしているのか。そして、どんな役割なのか。

質問したいことが山ほどあった。しかし〝彼女〟との間には、反重力のような作用が働いているような、近寄りがたい空気があった。零子は一定の距離を保って進んでゆく。

さっき、〝彼女〟は、『〝システム〟によって、再生された死者たちの霊』と言った。

〝システム〟とは、死者を復活させるものなのだろうか。死者の復活……。俄には信じることが出来ない。しかし、これまで自分が遭遇してきた出来事を思うと、あながち荒唐無稽な戯言とは言い切れない。さっきの手帳のメモを思い出す。

生と死の理は崩壊しました

死者の霊を復活させる〝システム〟。

本当に、そんな〝システム〟は存在するのか？　一体誰が？　何のために？　そして、楓や松野たちを〝自殺〟に追いやった、一連の〝メール〟事件と〝システム〟にはどういう関わりがあるのか？

しばらく歩き続けると、やっと廊下の奥が見えてきた。視線の先には、大きな鉄製の扉があった。零子の身長の倍はあるかと思われる、観音開きの扉である。まるで二人を待ち構えているかのように、廊下の奥に鎮座している、鉄製の巨大な扉。その威圧感に零子は圧倒される。

〝彼女〟のハイヒールが、その前で止まった。零子も立ち止まり、その鉄製の扉を見上げる。この扉の奥に、システムが存在するのだろうか？

しかし、〝彼女〟は零子の予想に反し、別の扉の方に向かっていった。廊下奥の左側の壁面に、小さな扉があった。その扉を開けて、〝彼女〟は零子を招き入れた。

　その部屋も《隔離室》と同じ、周囲は薄汚れたコンクリートで囲まれている。しかし、《隔離室》と違い、豪華な書棚や応接セットなどの家具や調度品の類が、数多く飾られていた。広さも、《隔離室》の倍以上はある。まるで、書斎のような部屋だ。

　恐る恐る、その部屋に足を踏み入れた。〝彼女〟は、部屋の奥まで歩いて行くと、壁際にある木製の小さな扉をノックした。この奥にもう一つ部屋があるようだ。

「どうぞ、おかけになって。ここで、少々お待ち下さい」

　そう言うと〝彼女〟は扉を開けて、別室の中に消えていった。

　零子はその場に立ったまま、辺りを見渡す。

　大型の革張りの応接ソファ。油絵などの絵画や前衛的な彫刻作品などの美術品。さらに書棚には、数多くの書物が並んでおり、その奥には、マホガニーの大きなデスクがあった。その傍らには数台の最新型のパソコン機器も設置されている。

　誰かの書斎なのだろうか？　そう思い零子は、黒光りするデスクに近寄っていった。

　デスクの上には、金属製のプレートがあった。思わず零子は、そのプレートに刻まれた文字に目をやった。

《PROFESSOR・NONOMIYA》

〃野々宮教授〃

書棚の方に視線を移した。並べられた本は、物理学の専門書がほとんどだった。それらの本の著者名に目をやると、〃野々宮赳夫〃という人物が多数を占めていることが分かった。この書斎の主は、野々宮赳夫なる物理学者なのだろうか？

書棚に手を伸ばし、野々宮赳夫が著した一冊の本を手に取った。それは物理学の専門書で、門外漢の零子には全く理解出来ない難解な内容である。その本を書棚に戻し、もう一冊、比較的読みやすそうな本を選んだ。それは単行本サイズの書物で、題名はこう記されていた。

『生と死の理――霊界との交信の記録――』

零子は、息を呑んでその本を見つめた。

『――霊界との交信の記録――』

はやる気持ちを抑えて、その本のページをめくる。

恐れていた難解な物理学用語は比較的少なく、写真や図版も多く載せられている。

その写真の多くは、人の形をした影をとらえた、気味悪い心霊写真のようなものばかりだ。

背表紙の裏には、著者である野々宮赳夫の略歴と写真が掲載されている。

著者　野々宮赳夫
精神物理学博士。昭和九年生まれ。代々、東北地方の寒村で、神官を務めていた家系の末裔（まつえい）。祖父の野々宮照弐（てるに）はK大学の精神物理学の名誉教授で、その影響からか、祖父の研究を引き継ぎ、精神物理学の分野で第一人者となる。昭和五十五年、K大学を辞職。現在は、地元の東北地方に研究施設を設立。独自に研究に勤（いそ）しんでいる。

零子は、略歴の上に小さく掲載されている、モノクロ写真で撮影された野々宮赳夫の写真に目をやった。

物理学者らしく銀縁の眼鏡をかけた、精悍（せいかん）な顔立ちをした男性である。眼鏡の奥から覗（のぞ）く眼光は鋭い。何かを睨（にら）みつけているようだ。

履歴には〝神官を務めていた家系〟と記されている。ふと、森の入口にあった神社の廃墟が頭をよぎった。

表紙を開き、冒頭の頁を見る。そこには野々宮教授による序文が記載されていた。


生と死の理（ことわり）──霊界との通信の記録──

序

あなたは、死後の世界について考えたことはあるか？

人は死んだらどうなるのか？　肉体は滅びても精神は残るのか？　それとも全ては消えてなくなりゼロになるのか？　消えた心は何処に行くのか？

人間の歴史の中で、数多（あまた）の宗教が死について考えてきた。死とは何なのか。死を回避することは出来るのか。しかし、答えは出なかった。

科学が宇宙の深淵を解明し、更には人体の最小の仕組みDNAの構造までも読みとろうとしている現在、科学が唯一解明する糸口すら摑んでいない大きな命題……。

それは死後の世界……。

我々一族は、死後の世界を科学的に解明すべく、代々研究を重ねてきた。それは、語り尽くすことの出来ない苦難の連続だったと言えよう。

そして我々は、ここに〝死後の世界〟を解明する糸口である、〝エーテル〟といわれる物質の発見に成功した。このまま研究が進んでゆけば、文明が誕生して以来……いや、生命が誕生して以来の奇跡とも言える、〝生と死の理〟の解明に到達することは、確実なのだ。

だがそれらの研究は、一朝一夕で達成できたものではない。

遡ること、古代ギリシアの『プシュコマンテウム』を祖とする、霊界との対話を試みた先達たち。

我が祖先であり、古代より霊界との関わりに重きにおいた野々宮大社の神官たち。

一九〇〇年代初頭、世界で初めて〝エーテル〟の可視化実験に成功した英国のスミス・ブランドン教授。

最も敬愛する我が祖父であり、〝エーテル〟と霊体を結びつけた、〝システム〟の祖となる、《降霊機》を完成させた野々宮照弐教授。

彼らの素晴らしい業績によって生み出された、人類史上最大の発見であり発明ともいえる、〝システム〟の完成を前にして、本書はその素晴らしい先人たちの偉業を振り返り、それを称(たた)えるものなのである。

昭和六十二年　三月　野々宮赳夫

零子は思わず固唾(かたず)をのんだ。文中に〝エーテル〟という文字を見つけたからだ。そして序文の最後には〝システム〟の文字もあった。

この文の記述によると、昭和六十二年にはまだ〝システム〟は完成してない様子である。そこから二十年経った今、この地下施設で〝システム〟が完成したというのだろうか？　〝システム〟について、もっと知りたかった。書物の先を読もうと、ページをめくった。だがその時、奥の扉が開いた。〝彼女〟が戻ってきて、零子の方に近寄ってくる。名残惜しかったが、手にした書物を書棚に戻した。

零子の前に立つと、〝彼女〟は言う。

「父が、あなたに会いたいと言っています」

「え？」

零子は戸惑った。

〝彼女〟が、父と告げる人物――それは、一体誰だろうか？　野々宮教授なのか。今までの状況からすると、その可能性は高い。ということは、〝彼女〟は、野々宮教授の娘なのだろうか。零子は率直に、聞いてみることにした。

「父というのは、野々宮教授のことですか？」

相変わらず感情が失われた目で、〝彼女〟は零子を見た。そして答えた。

「そうです」

そう言うと、〝彼女〟は零子を促した。

「どうぞ」

野々宮教授がこの中にいる……。思わぬ展開に零子は緊張する。

〝彼女〟が先に、部屋の中に入っていた。零子も彼女の後を追い、別室の中に足を踏み入れる。

その部屋に入った途端、零子はタイムスリップしたような感覚にとらわれた。そこは、まるで中世ヨーロッパの貴族の寝室を思わせるような場所だった。

天井から壁や柱にかけては、細かい意匠が施されている。部屋の中央には、天蓋付きの大型のベッドが置かれていて、天井から垂れ下がっているレースのカーテンに囲まれていた。

「父は、数年前から重い病を患っております」

零子はゆっくりと、ベッドの方に近寄っていった。〝彼女〟はレースのカーテンを開けると、零子に言う。

「どうぞ」

無言で頷くと、零子はカーテンの中に入っていった。

少しトーンを落とした口調で、ベッドに横たわっている人物に声をかける。

「失礼します……」

しかし、返事はなかった。

ベッドにいる野々村教授とみられる人物は、零子の方に背を向けている。身体にかけられたシルクのシーツから、総白髪の後頭部が見えていた。さっき書斎で見た、野々宮教授の著作物に掲載されていた写真は、精力的な人物という印象だった。しかし、目前に横たわる人物は、写真とは別人かと思われるほど、老いている様子だ。

零子は、ベッドの前に立ち、再び声をかけた。

「野々宮教授でしょうか」

眠っているのだろうか。反応はなかった。さらに身を乗り出し、ベッドの方を覗き見た。横たわっている人物の横顔が見えた。零子は息をのんだ。

シーツから覗く彼の顔——

その顔は、完全に干からびていた。

骸骨(がいこつ)の周りに、乾燥した僅(わず)かな肉が、こびりついているだけだった。皮膚はそげ落ち、むき出しになった歯は、笑っているようにも見える。眼窩(がんか)から眼球も失われ、そこにあるのは二つの黒い空洞だけだった。シーツからはみ出した片腕も、黒く変色した骨の部分が剝(む)き出しになっている。

零子は卒倒しそうになった。予期せぬ状況に頭が混乱しそうである。

ベッドの上の人物は死んでいた。死後どれほど経過しているのか判別はつかなかった。

一体何を思って、〝彼女〟は自分をこのミイラと対面させたのだろうか? 思わず、後ろを振り返った。

いつの間にか、〝彼女〟は真後ろに立っていた。相変わらず無表情のまま……。そして、ゆっくりと、手にしたものを振り上げた。

それは、何か金属の光る物体だった。
零子の頭上に、その光る物体が振り下ろされた。
一瞬の出来事だった。何が起こったか、すぐには理解できない。
ただ、鈍器で殴られた部分が熱かった。額に、生温かい液体が流れ落ちる感触——
その能面のような顔で、〝彼女〟は零子を見ると、再びその金属の鈍器を振り上げた。
(殺される)
そう思った瞬間、頭上に鈍器が振り下ろされた。
そして、零子の意識は潰えた。

■システム17　システム

脳内に、あの「ぶ〜ん」という不気味な機械音が響いている。

強烈な光。

色んな種類の直線と曲線で構成された、幾何学的な紋様。

朦朧とした意識の中、それが夢なのか、現実なのか、判別が出来ない。しかし、その幾何学的な紋様に、徐々に焦点が定まってゆき、それが夢の中ではないことが明かされてゆく。

ここが何処なのか分からなかった。

目映いばかりの光に溢れた場所——

網膜を、白い光が突き刺すようだ。光に怯えながら、ゆっくりと目を開ける。

どうやら、仰向けに寝かされているらしい。今まで見ていた幾何学的な紋様は、天井に張り巡らされた、無数の機械のケーブルの類であることがわかる。

しばらくは自分が、なぜそこにいるのか理解できなかった。夢から目覚めた直後、どんな夢を見たか思い出せない。そんな感覚である。そして零子は、自分に起こった数々の出来事を思い出していった。

森を彷徨(さまよ)い、廃墟(はいきょ)を発見したこと。

目の前で、死者が再生したこと。

廃墟の中の地下室で、ミイラと遭遇したこと。

〝彼女〟に鈍器で殴られたこと。

まさしく、夢の中の出来事のようだった。しかし、幻ではなかった。頭頂部に広がる、ずきずきとした痛み。そのことにより、一連の出来事が現実に起こったことだと理解できた。

あれからどれくらいの時間が経過したのだろうか？

時間の感覚が全くなかった。しかし、頭部に残る痛みの程度から、まださほど時間が経っていないかのように思える。

痛み以外にも、頭部に違和感を覚えた。何かをかぶせられている感覚がする。

頭に触れようとして、手を動かそうとする。しかし、しびれたようにだるく、自由に動かなかった。身体の他の部分も同じである。なんとか力を振り絞って右手を持ち上げ、頭に触れてみた。金属の冷たい手触りがした。零子は、金属製のヘッドギアのようなものを被(かぶ)せられていることを知る。さらに、その金属の表面をまさぐると、ゴツゴツした金属の蛇腹のようなものが手に触れた。どうやらそれは、ヘッドギアと繋がっているケーブルのようだった。

一体、自分は何をされたのか？　それとも、これから何かされるのだろうか？

コツ、コツ、コツ……。

あの足音が聞こえてきた。ゆっくりと近寄ってくる。

力を込めて首の筋肉を動かし、足音の方に顔を向ける。目を細めながら、視界の先を見た。

光の中から、近寄ってくる〝彼女〟のシルエット。揺れていた。

「目が覚めました？」

〝彼女〟は零子の傍らに立つと、そう言った。

相変わらず、〝彼女〟の顔から、表情は失われている。

徐々に目が慣れて行き、自分がいる部屋の様相が分かってきた。

部屋は広く、壁や床は純白に塗装されていた。天井からの照明により、部屋全体が白く発光しているようだ。部屋の各所に柱が並び立ち、その柱も全て白く塗られていた。

零子は、その部屋の中心にある、無骨な台の上に寝かされていた。それは、歯科医や産婦人科などにある診察台の形状とよく似ている。さらにその〝診察台〟は、見たこともない数台の機械のようなものと繋がっており、何本もの機械ケーブルが、放射状に床に延びていた。零子の頭部に付けられているヘッドギアのケーブルも、〝診察台〟の周辺に設置された機械と連結しているようだ。

〝彼女〟は、〝診察台〟の脇にある機械を操作し始めた。零子は声を振り絞り、〝彼女〟に訊いた。

「私をどうする気？」

質問には答えず、〝彼女〟は淡々と機械を操作し続けている。零子は再び、声をかけた。

「何で、こんなことをするの？」

〝彼女〟の機械を操作する手が止まる。ガラス細工のような瞳を、零子に向けた。

「それは、あなたが望んでいることだから」

「何言ってるの。私は望んでなんか……」

突然、頭部に激痛が走る。零子の言葉は、中途半端な所で途絶えた。痛みに打ち震える零子を、〝彼女〟はまるで実験動物でも観察するかのように、見つめている。そして、彼女の口だけがわずかに動いた。

「あなたは望んでいたのです。この〝システム〟にとり込まれることを」

激痛の衝撃で、声を出すことが出来なかった。しかし、〝彼女〟に訊かなければならなかった。何とか零子は、声を振り絞る。

「〝システム〟って何なの？」

その言葉を聞くと、〝彼女〟はわずかに視線を外した。そして言った。

「私たちが開発した〝システム〟は、霊と交信する〝システム〟。いわば、死者の霊や魂と呼ばれる人間の思念を実体化させ、科学的に死者の思念を蘇らせる〝システム〟」

〝彼女〟は淡々と話し始めた。零子は黙って、〝彼女〟の言葉を聞く。

「この研究施設では、長年に亘って人間の魂が死後どうなるのか？　ということをテーマに研究を重ねてきました。そしてついに、死者の霊を再生させる〝システム〟の開発に成功したのです。科学がどんなに挑んでも解明出来なかった永遠のテーマである、死後の世界の解明の糸口を切り開いたのです」

「死後の世界の解明……どういうこと？」

「人間の意識や思念は大脳から剝離しても、不可視の電磁波エネルギーとして残され、空中などに漂っています。古くから人はそのエネルギーを霊と呼び、恐れてきた。そこで私たちは、そのエネルギーにエーテル体という物質を媒介させて、死んだ人間の思念を可視化する〝システム〟を開発しました。その〝システム〟の中心が、この実験室なのです」

　零子は、黙って〝彼女〟の言葉に耳を傾けていた。

「現在、〝システム〟は増幅し、その効果はこの森一帯に拡張しています。あなたも見たはずです。この森の中でエーテル体によって再生された霊の姿を……」

　零子は、森で遭遇した奇妙な出来事を思い返した。神社の遺跡で見た少女。廃墟で、零子を襲った異形の者の群れ。それらは、〝システム〟の〝画期的な成果〟であると言うのだ。

　死後の世界の解明……。

　霊と交信する機械……。

　俄（にわか）には信じがたい話だった。だが、自分の身に起こった出来事と併せて考えると、それは妄言やまやかしの類ではないことは分かっていた。

　痛みを堪（こら）えながら、零子はまた質問を投げかける。

「死のメールを送ったのも、〝システム〟の成果なの？」

「そうです……。ただ〝システム〟内部で起こっていることなので、私には制御出来ません」

「どういうこと？」

「〝システム〟は我々の手を離れ、独自に増幅し成長しています。〝システム〟がエーテル体を電波に変換させ、電話回線を使って、メールという形で外部に送信された形跡があります」

「……そんな」

「エーテル体は、それを送信された人間の周囲に漂う霊を実体化します。例えば、浮遊霊と呼ばれる人間の残留思念や、特定の人間や場所に取り憑いた地縛霊などです。実体化した霊が、現世に強い怨念を抱いた悪霊であった場合、その人間は霊に取り憑かれ、死ぬことになるのです」

「じゃあ、あの数字メールは……」

「〝数字〟でも、〝画像〟でも、何でも良かったのです。電話回線を使って、エーテル体を送信すれば、霊は実体化するのですから」

淡々と語る〝彼女〟を見て、背筋に寒気が走る思いがした。松野や楓は、やはり彼らが作り出した〝システム〟によって殺されたのだ。彼らだけではない、多くの人が自殺に追いやられたのは、〝彼女〟たちが生み出した恐ろしい〝システム〟の仕業だったのである。

「それを止めることは出来ないの」

「〝システム〟を停止させれば、それは可能です。しかし、私にはそんな権限はありません。私は、ただ父に言われる通り〝システム〟を管理し、システムのハードに記録された〝霊魂〟の状態を記録しているだけなのです」

「野々宮教授は死んだんじゃ？」

「父は、死んでません」

「じゃあ、さっき見たミイラは……」

「あのミイラは、確かに父です。十年前、父の肉体は消滅しました。父は、〝システム〟の実験段階で蘇った強い霊によって、とり殺されたのです。しかし父は、独自に〝システム〟の中で復活を果たし、その存在を再生させました。そして死後の世界にいながらも、この〝システム〟を完成に導いたのです。今でも、父の霊は〝システム〟のコンピューターの中に偏在し、実行しています」

零子は、愕然とした。

「じゃあ、死のメールを送っているのは、野々宮教授自身ということ？」

「それは、わかりません。しかし、確実に言えるのは、〝生と死の理〟は崩壊したということです」

〝彼女〟は、平然と語り続けていた。

「古宇田市での連鎖自殺事件は、〝システム〟のサンプルを摂るための実験でした。〝システム〟は実験段階を終え、拡張を始めました。父が作り上げたエーテルによる〝システム〟は、電話回線を使い、世界中に増幅してゆくでしょう」

「そんな……そんなことをしたら、人間は死に絶えてしまう」

「仕方のないことです。私たち人間は次の世代に進化する時が来たのです。肉体という存在から解放され、〝システム〟を経由することによって、精神体として永遠の生を得るのです」

「あなたたちは狂ってる」

「狂っているのは、今の世界です。生命としての人類は滅びる時が来ました。私たち人類は、精神体として高次元の存在へと飛翔する画期的なチャンスなのです」

「神にでもなるつもりなの」

「……その言葉は、適切ではありませんが、ニュアンスは合っています」

〝彼女〟は、零子の方を見た。その表情は氷のように冷たかった。

「あなただって、〝システム〟に導かれてここまで来たんでしょう……」

零子は、〝彼女〟をじっと見つめた。思わず零子は言葉を失ってしまう。

「あなたも感じていたでしょう。自分自身にとって、この世界は無意味だってことを……。あなたは、生きているという実感が享受できなかった。あなたは生きる屍だった……あなたの世界は、もう既に終わっていた……」

確かにそうかもしれなかった。これまでの人生の中で、零子は生きているという喜びを感じたことは少なかった。ただ漫然と仕事し、ただ漫然と生活し、ただ漫然と毎日を過ごしていた。ただ、〝あの時〟を除けば……。

　そこまで考えて、零子ははっとした。ある事実に気付かされたからだ。自分が何故、ここまで来たのか。自分は一体何に〝導かれた〟のか？

　〝彼女〟は更に言葉を続ける。

「元来、人間は〝死〟を恐れていました。そして、その〝死〟を克服するため、愛し合い、性交することによって、自分の複製を作り続けた。次の世代へとその命を継承することによって〝永遠〟を手にしてきたのです。でもそんな人間社会も、もう終末に差しかかっています。男女は愛のない性交を交わし、父や母は子を虐げ平然と殺す。そして、人と人は憎しみ合い、簡単に殺し合う……。お分かりですよね。世界は怨念で満ち溢れています。生物としての〝人間〟の存在は、もうすでに終わっているのです」

　零子は、言葉を失った。ただ呆然と、氷のように美しい〝彼女〟の顔を見つめるしかなかった。

「〝システム〟は、実験段階で蘇った強い悪霊——先ほど言った、私の父を取り殺した霊を、再び復活させることに成功しました。そしてそれは、あなた自身が望んだことでもあります」

「私自身……」

「これでやっと、私の仕事も終わりです」

そう言うと〝彼女〟は零子から離れ、〝診察台〟から遠ざかった。

「私は、あなたが来るのをずっと待っていました」

〝彼女〟は、診察台と繋(つな)がった機械の後で立ち止まると、そこに置いてあった、黒く小さな物体を取り出す。

それは銃身の短い、小型の拳銃(けんじゅう)だった。

「これで、やっと私もこの煩わしい肉体から解放されます」

零子を見ると〝彼女〟は拳銃を、自分のこめかみに当てる。

「これからは、あなたがこの〝システム〟を管理するのです」

「どういうこと？」

「〝導かれた者〟として、その使命を全うするのです」

そう言うと、〝彼女〟は小さく微笑んだ。それは〝彼女〟が零子に見せた、最初で最後の〝感情〟である。

「それがあなたの運命……」

そう言うと、彼女は拳銃の引き金を引いた。

乾いた銃声が響く。

思わず、零子は目を閉じた。

目を開けると、零子の足下には血しぶきが飛び散っていた。

白い床の上に、目を大きく見開いた〝彼女〟の死体が横たわっている。

ゆっくりと上体を起こして、ヘッドギアに手をかけた。取れるかどうか不安だったが、力を入れるとヘッドギアは頭から外れた。頭部の傷は包帯で巻かれ、治療されている。〝診察台〟から降りて、床に足をつけた。身体のしびれはほとんど消えている。

よろよろと歩いて、床に倒れている死体を見つめた。大きな目を開いて倒れている〝彼女〟。表情がないのは、生前とあまり変わりなかった。〝彼女〟の死体を前に、呆然と立ちすくんだ。

（一体、自分はどうすればいいのだろうか？）

選択肢は二つあった。

まず一つは、〝システム〟を破壊し、この廃墟から脱出すること……。

そして、もう一つは、さっき〝彼女〟が告げたように、この場所に残って〝システム〟の管理者となること……。

〝システム〟は増幅しようとしている。この森一帯ではなく、メールや電話回線を使って、全世界にまで。そして、生と死の理を崩壊させ、人間という種を、滅亡に導こうとしている。

〝彼女〟の死体から視線を外して、〝システム〟の中枢となる白い部屋全体を見渡す。

〝システム〟を破壊し、世界の崩壊をくい止めることが、人類の一員としての使命であることは明白だった。

しかし、一つだけ気がかりなことがあった。

〝システム〟を破壊することを躊躇せざるを得ない理由……。

そして、その理由こそが、この〝システム〟に導かれた真の要因だった。

突然、部屋全体が大きく振動する。そして、何かエレベーターが上昇するかのような、機械の作動音が聞こえてきた。振動も収まることなく、零子の足下は揺れ続けている。

禁断の装置が起動したのだ。

天井の照明も激しく明滅し始めた。診察台を取り巻く機械も、何やら動き始めている。

零子は身構えた。

だが数秒後、振動はおさまり、光の明滅も止まった。

もとの状態に戻った部屋――

だが奥の方で、空間がゆらゆらと揺れていた。思わず零子は目を凝らした。

よく見ると、それは部屋の中を漂う、青白い気体だった。気体はゆっくりと漂いながら、一つの固まりを形成しようとしていた。

そして、その青白い固まりは、徐々に人の形に変化してゆく。

(エーテル……)

零子は、息を呑んでその固まりを見た。

その人の形をした白い固まりは、ゆっくりと近づいてくる。

脳裏には、〝彼女〟が死の直前に言った言葉が蘇った。

『〝システム〟は、実験段階で蘇った強い悪霊——先ほど言った、私の父を取り殺した霊を、再び復活させることに成功しました。そしてそれは、あなた自身が望んだことでもあります』


全てを悟った……。

徐々に、人間の形を形成してゆく、白い固まり——エーテル。

零子の目に、一筋の涙がこぼれ落ちる。

(私は……この瞬間のために、自分は〝システム〟に導かれた)

その事実を、深く噛みしめた。

白い影は、やがて完全に人間の姿に変貌を遂げる。そして、その人の姿形は、零子のよく知る人物だった。

瘦せた体軀。切れ長の目。筋肉質の身体。忘れられない、あの時のままの姿で……。

零子の心は打ち震えた。目の前で実体化したその人物は、虚ろな瞳で彼女を見つめてくる。

懐かしい眼差しだった。どんなに望んでも取り戻すことが叶わなかった、あの眼差し……。

愛する人は、全て死んでしまった。だがここにいれば、死後の世界へ行った者とも、邂逅することが出来る。母にも、父にも、楓にも、松野にも……。

零子は、〝本宮〟の霊と再会しながら考えた。

今はただ、この至福の時が夢でなければと。

そして、この時が壊れることなく永遠であればいいと。

あとがき

この小説は、二〇〇二年に出版された『ゴーストシステム』を改題改訂したものです。今回の再版にあたり、文中の表現や言い回しなどの変更は最小限度にとどめるようにして、作業を行いました。なるべく当時の雰囲気を残したいと思ったからです(とはいえ、大幅に修正した部分や、削除した部分も多々あります)。

『ゴーストシステム』は、私が初めて書いた長編小説です。この企画は、最初に映像版が制作され、そのあとに小説版が出版されました。最初は、企画に関連した「漫画版」が雑誌に掲載される予定でした。しかし、担当者が文芸の編集部に異動となり、小説にしようという話になったのです。その時は、映像版のノベライズが検討されていたのですが、どうせなら違った話がいいと思い、映像とは異なったストーリーを書かせてもらいました。結果的にそれが、私の小説家デビューとなった次第なのです。

今回、改訂を行いながら読み進めてゆくと、とても懐かしい思いがしました。執筆したころ、自分が何を考えていたか、当時のことがいろいろと蘇ってきたのです。初めて書いた小説で、四苦八苦していたこと。表現したいことがうまく文章で表せないという、もどかしい思い。当時住んでいた部屋。関わっていた番組、仕事などなど……。十六年前の自分に出会えたような、不思議な体験でした。

　当時の私は（今でもそうですが）、SFや不条理小説が好きで、そんな作品を作りたいと思っていました。筒井康隆や安部公房、夢野久作、映画だと『惑星ソラリス』『時計じかけのオレンジ』『スローターハウス5』『ブレードランナー』、スタンリー・キューブリックやデビッド・リンチ、デビッド・クローネンバーグ、実相寺昭雄などの作品に憧れ、制作したいという夢があったのです。そんな思いで、『ゴーストシステム』を企画し、映像版と小説版を作らせてもらいました。

『ゴーストシステム』はシリーズとして、続けていきたいと考えていたのですが、結局この小説が最後になってしまいました。その反動なのか、もっと「リアルな恐怖」を描いてみたいと思うようになり、翌年にフェイクドキュメンタリーのテレビ番組を企画したのです。それが『放送禁止』でした。『放送禁止』は小説版の『出版禁止』となり、現在も続けています。そう考えると『ゴーストシステム』がなければ、禁止シリーズは生まれなかったのでしょう。

　今回自分の処女作に目を通してみて、改めてSF的な小説に挑戦してみたいと思いました。十六年前の自分に、そう言われたような気がしたからです。

二〇一八年十月

長江俊和

参考資料

「ムー」1999年9月号　学習研究社
『暗号攻防史』ルドルフ・キッペンハーン（赤根洋子・訳）文春文庫

本書は、二〇〇二年十一月に小社より刊行された角川ホラー文庫『ゴーストシステム』を加筆修正のうえ、改題したものです。

禁忌装置（きんきそうち）

長江俊和（ながえとしかず）

角川ホラー文庫　21372

平成30年12月25日　初版発行
令和７年６月10日　５版発行

発行者——山下直久
発　行——株式会社KADOKAWA
〒102-8177　東京都千代田区富士見2-13-3
電話 0570-002-301（ナビダイヤル）
印刷所——株式会社KADOKAWA
製本所——株式会社KADOKAWA
装幀者——田島照久

●お問い合わせ
https://www.kadokawa.co.jp/（「お問い合わせ」へお進みください）
※内容によっては、お答えできない場合があります。
※サポートは日本国内のみとさせていただきます。
※Japanese text only

ISBN978-4-04-107661-3　C0193

◆◇◇

角川文庫発刊に際して

角川源義

第二次世界大戦の敗北は、軍事力の敗北であった以上に、私たちの若い文化力の敗退であった。私たちの文化が戦争に対して如何に無力であり、単なるあだ花に過ぎなかったかを、私たちは身を以て体験し痛感した。西洋近代文化の摂取にとって、明治以後八十年の歳月は決して短かすぎたとは言えない。にもかかわらず、近代文化の伝統を確立し、自由な批判と柔軟な良識に富む文化層として自らを形成することに私たちは失敗して来た。そしてこれは、各層への文化の普及滲透を任務とする出版人の責任でもあった。

一九四五年以来、私たちは再び振出しに戻り、第一歩から踏み出すことを余儀なくされた。これは大きな不幸ではあるが、反面、これまでの混沌・未熟・歪曲の中にあった我が国の文化に秩序と確たる基礎を齎らすためには絶好の機会でもある。角川書店は、このような祖国の文化的危機にあたり、微力をも顧みず再建の礎石たるべき抱負と決意とをもって出発したが、ここに創立以来の念願を果すべく角川文庫を発刊する。これまで刊行されたあらゆる全集叢書文庫類の長所と短所とを検討し、古今東西の不朽の典籍を、良心的編集のもとに、廉価に、そして書架にふさわしい美本として、多くのひとびとに提供しようとする。しかし私たちは徒らに百科全書的な知識のジレッタントを作ることを目的とせず、あくまで祖国の文化に秩序と再建への道を示し、この文庫を角川書店の栄ある事業として、今後永久に継続発展せしめ、学芸と教養との殿堂として大成せんことを期したい。多くの読書子の愛情ある忠言と支持とによって、この希望と抱負とを完遂せしめられんことを願う。

一九四九年五月三日

ISBN 978-4-04-106768-0

怪談稼業　侵蝕

松村進吉

ぞくりと怖い、土着的怪談実話集

――これは、まともな稼業ではない。徳島で建設業に従事しながら怪異体験談を採集し、誌面に発表してきた著者。「怪談稼業」ともいうべき生業を12年間続けるうち、いつしかいくつもの影が心を侵蝕していって……。谷間の集落に訪れる蠟燭を持った集団。住人がよく替わる家に出現した異形のもの。撮ろうとして撮れなかった映画。怖さの本質を見つめることで、怪異の恐ろしさがぞくりとにじみ出る9篇を収録。革新的怪談実話集！

角川ホラー文庫

ISBN 978-4-04-107212-7